COSACNAIFY

tradução PALOMA VIDAL

MICRÓBIOS

DIEGO VECCHIO

Além de doenças nervosas, as letras produzem uma infinidade de outros males. Um célebre matemático, cuja conduta sempre foi irrepreensível e que padecia de gota hereditária, sucumbiu antes do previsto, aplicando-se excessivamente à resolução de uma equação. O estudo da metafísica enfraqueceu os nervos de Leibniz, provocando-lhe convulsões poucas horas antes de morrer. É conhecido o acidente que sofreu o cavalheiro de Epernay. Depois de quatro meses de trabalho assíduo, perdeu a barba, os cílios, as sobrancelhas e, por último, todos os cabelos e pelos.

SAMUEL AUGUSTE TISSOT,
De la Santé des gens de lettres, 1768

Gostaria de visitar o interior das plantas e também o interior das pessoas, como se visita o interior das igrejas, chegar a reduzir minha própria pessoa de tal maneira que pudesse me deslizar, me sentar e descansar no coração de um amigo; introduzir-me na sua bexiga e, com a ajuda de uma canoa, obturar o canal do ureter para facilitar as inundações mortais; escalar o fígado, amarrando-me a uma corda com outros excursionistas que também gostassem de viver entre os bacilos do tubo digestivo e passar as férias de verão nas praias do rim.

FRANCIS PICABIA,
"Fumigations", *The Little Review*, 1921

A dama das tosses

Entre a coleção de sons que alcançaram os ouvidos de Ariadna, a tosse da sra. Kristensen ocupava um lugar de predileção. Era uma tosse rouca e aguda, produzida mais pelo pulmão direito do que pelo esquerdo, ouvida pela última vez numa casa de saúde na ilha de Fyn.

A sra. Kristensen a mandara chamar com urgência. Ela foi recebida pelo dr. Karl Klaussen, um homem taciturno, como as árvores e as plantas que cresciam naquele lugar. Mal dirigindo-lhe a palavra, ele a conduziu através de um labirinto de corredores e escadas até o pavilhão de mulheres e, em seguida, através de outro labirinto de escadas e corredores, até o quarto 305.

Quando a viu, teve dificuldade para reconhecê-la. Não era a mesma sra. Kristensen com quem falara há apenas duas semanas. Naquele dia estava mais esquelética do que nunca. Jazia languidamente na cama, com a pele transparente, o sangue venoso e a cabeleira loura, estendida sobre o travesseiro, em forma de raios de sol. O quarto cheirava àquela mistura de serragem, querosene e eucalipto tão característica das casas de saúde para doenças respiratórias.

Apesar de sua debilidade, a sra. Kristensen tentou se levantar. Mas assim que ficou de pé, teve um ataque de tosse que a catapultou contra a cama, como se tivesse acionado uma arma de fogo. Atinou apenas a levar um lenço à boca, esboçando com a outra mão um gesto para pedir que a deixassem a sós com a visita. O dr. Klaussen se retirou, fechando a porta. Mas não conseguiu evitar espiar pelo buraco da fechadura.

Ariadna repetiu os mesmos gestos de sempre. Tirando o chapéu e as luvas, sentou-se ao lado da sra. Kristensen e começou a ler uns papéis lentamente, com uma voz grave e rouca, esticando as palavras e o silêncio que as separava, atenuando os movimentos de vibração das moléculas.

A leitura produziu o efeito de uma injeção endotraqueal de estreptomicina, mas sem seus efeitos colaterais. Dorothea Kristensen conseguiu apartar de seu corpo os lençóis engomados, como quem empurra a pedra de uma tumba. Ficou de pé de um salto e se dirigiu até as janelas para respirar uma lufada de ar fresco. Quando o sangue se oxigenou, vestiu-se e penteou-se. Saiu para dar um passeio pelo jardim da casa de saúde, com suas flores e ervas silvestres aprisionadas sob a geada, de braço dado com Ariadna, sem tossir nenhuma vez.

Que ninguém se engane.

Este acesso de vitalidade não passava de um dos últimos vestígios de uma vida que se extinguia inexoravelmente. Quando Ariadna foi embora, a tosse voltou ao ataque com mais virulência do que nunca, como se quisesse se vingar daqueles instantes de felicidade pulmonar. Dorothea Kristensen escreveu uma carta a seu advogado, com uma letra tremida, manchada de tinta e de sangue. No final daquele dia, deu mostras de uma profunda exaustão. Por volta do amanhecer, deixou escapar seu último suspiro. Entre uma tosse e outra, é claro. E, é claro, rodeada daquele halo de beleza estremecedora que só resplandece com o bacilo de Koch.

No dia seguinte, os médicos transmitiram a notícia à família. O sr. Kristensen nem sequer se dignou a vir buscar os despojos da esposa e deixou tudo em mãos de um empregado da funerária. Também não assistiu ao enterro. Felizmente, Ariadna estava lá, com seu pranto suave, alcalino, muito discreto. Ariadna tinha toda uma arte para chorar. Diferentemente dos prantos obscenamente visíveis, que desde os tempos antigos costumam ser derramados nos funerais, o pranto de Ariadna era imperceptível, lento como o movimento de um vegetal. Era um pranto de olho preto, com uma lágrima só, mas tão bem chorada que o empregado da funerária ficou com muita inveja. Teria gostado de estar no lugar de Ariadna, chorando deliciosamente assim por uma morta. E, fundamentalmente, teria gostado de estar no lugar da morta, para que alguém viesse chorá-lo deliciosamente.

O sr. Kristensen chorou com lágrimas ricas em sais, oligoelementos e rancor, quando o advogado rasgou o selo e leu para ele o testamento, dando-lhe a conhecer a última vontade da defunta. Dorothea Kristensen o deserdara, nomeando Ariadna Sørensen como inventariante de sua obra, para que fundasse com sua fortuna a Liga de Ajuda aos Homens de Letras Afetados pela Tosse, associação sem fins lucrativos que proporia um programa de medicina integral para os escritores, que raramente têm plano de saúde, vítimas de doenças respiratórias.

Não é preciso esclarecer que o casal Kristensen se odiava visceralmente. E não era para menos. Dorothea se casara aos quinze anos, com o sonho de ter muitos filhos aos quais pudesse dar o amor que consumia suas entranhas, como uma febre. E o sonho se realizara. Poucos anos depois, era mãe de três meninas e um menininho.

Em vez de recorrer a uma ama de leite, preferiu ela mesma lhes dar o peito, suportando os inconvenientes da lactação, como a rachadura dos mamilos, para que seus filhos gozassem dos benefícios do leite materno, tão rico em cálcio, lactose e albumina (o leite de vaca contém substâncias que se adaptam mal à digestão do bebê). E, em vez de deixá-los em mãos de uma babá, preferiu encarregar-se ela mesma da limpeza corporal, dando-lhes banho com suas próprias mãos, aproveitando a ocasião para brincar, ensaboando-os, enxaguando-os, secando-os com uma toalha, colocando-lhes talco entre as nádegas (com os meninos, é aconselhável desgrudar o prepúcio para evitar os riscos de fimose e, com as meninas, lavar as dobras com um cotonete, da frente para trás, pois do contrário o contato com as fezes pode produzir infecções urinárias). E, em vez de se contentar com um simples beijo ou uma oração murmurada mecanicamente, foi muito mais longe do que outras mães e preferiu inventar, ela mesma, com sua insubstituível imaginação de mãe, as histórias que contava a seus filhos, antes de dormir, invariavelmente às oito da noite (é muito importante inculcar neles desde o início o respeito pelos horários, sem brusquidão, desfrutando daquele momento único: o ritual do boa-noite).

Eram histórias confeccionadas sob medida, que iam mergulhando seus filhos em um sono tônico, sem pesadelos, sem produzir a idiotização das canções de ninar. Graças a essas histórias, os filhos da sra. Kristensen se levantavam viçosos, sem enrolar, depois de nove horas de descanso ininterrupto, quando a mãe os chamava.

Durante as doenças, a sra. Kristensen mostrava um empenho particular. Quando a pequena Karen adoeceu de angina vermelha, a sra. Kristensen inventou uma história especialmente antibiótica para lhe fazer passar as intermináveis horas na cama, ingerindo remédios amargos. Karen se restabeleceu mais rápido do que os médicos previram. Graças à história de sua mãe, recuperou a saúde em menos de três dias.

Em seguida, foi Asløg quem adoeceu. E aconteceu a mesma coisa. A sra. Kristensen inventou para ele uma história que teve um efeito imediatamente anti-

-inflamatório. Asløg ficou de cama apenas uma noite. Depois foi a vez de Solvej e a mesma coisa aconteceu. A mesma coisa aconteceu quando o pequeno Niels pegou a doença. Graças à história de Dorothea Kristensen, a angina vermelha durou apenas algumas horas.

Edvard Johansen, o médico da família, ficou profundamente impressionado. Pediu à sra. Kristensen que publicasse seus contos o mais rápido possível. Era sua obrigação de mãe pôr ao alcance de outras mães esse tratamento contra as doenças infecciosas da primeira infância. Em seu entender, as *histórias* de Dorothea Kristensen eram chamadas a ocupar na história da medicina o mesmo lugar que a vacina contra a varíola.

E ele não estava errado. Quando a sra. Kristensen decidiu publicar *Histórias para crianças com anginas vermelhas*, as mães foram correndo comprar. O livro se esgotou em poucos meses.

Dorothea Kristensen tomou coragem para publicar um segundo livro: *Histórias para crianças com otite aguda purulenta*. Esse livro foi ainda mais eficaz do que o primeiro e lhe fez ganhar uma fortuna. Embora Dorothea Kristensen não houvesse tido a oportunidade de experimentar os efeitos sobre seus próprios filhos, que tinham ouvidos sãos, o poder de sua imaginação de mãe foi muito mais longe do que o poder patógeno de um micróbio.

Dorothea Kristensen começou a publicar febrilmente um livro por mês. Inundou as vitrines das livrarias e as lojas de primeiros socorros com suas *Histórias para crianças com sarampo*, *Histórias para crianças com tosse ferina*, *Histórias para crianças com difteria*. E assim sucessivamente.

Tamanho frenesi de produção, como era de se esperar, acabou esgotando seu sistema imunológico. A Natureza é infinitamente sábia. Tudo o que dá tem que tirar de algum lugar. E a sra. Kristensen pegou emprestado seu capital de imaginação da capacidade de defesa de seu organismo. Um belo dia, acordou com febre. E, de noite: cof, cof, cof. O dr. Johansen descobriu que o pulmão direito estava picado e diagnosticou um princípio de tuberculose.

Naquela época, as condições de trabalho das mulheres dedicadas à literatura eram muito mais duras do que as das operárias de uma fábrica têxtil de Lancashire. Os homens podiam escrever ao ar livre, não só no campo como também nas cidades, aproveitando os jardins públicos, observando os transeuntes e aspirando o perfume das cabeleiras das damas. As mulheres escreviam no único lugar onde o poder masculino as confinara: a cozinha.

Naquela época, a cozinha era o lugar menos ventilado da casa. Para que seus dedos não congelassem, a sra. Kristensen passara horas demais escrevendo ao lado da fornalha acesa, respirando um ar viciado pelo anidrido carbônico exalado obviamente pela fornalha e, menos obviamente, pelo anidrido carbônico exalado por um corpo ao escrever, gastando setenta e quatro calorias por linha.

Por falta de ventilação, seus pulmões haviam perdido elasticidade, tornando-se alvo perfeito do bacilo de Koch. Se ao longo da história houve tantos escritores tísicos e, fundamentalmente, tantas escritoras tísicas, não foi uma mera questão de moda, como alguns acreditaram. Foi um descuido dos higienistas que os homens de letras, mas sobretudo as mulheres, pagaram com seus pulmões.

O caso da sra. Kristensen foi ainda mais desesperador. A tuberculose produziu uma verdadeira hecatombe familiar. Enquanto Dorothea Kristensen, com seus 37,7 graus, assava-se a fogo lento, seus quatro filhinhos foram reduzidos a cinzas em poucos dias, sem que sua mãe pudesse fazer nada, nem sequer escrever um epitáfio para eles. Ainda não tivera tempo de escrever suas *Histórias para crianças tísicas* e, quando pensou nisso, já era tarde demais. Se em vez de escrever sobre a poliomielite, a raiva e a diarreia infantil tivesse escrito sobre a tuberculose, o curso dos acontecimentos teria sido completamente diferente.

Primeiro foi Solvej que sucumbiu. Depois, Karen. Depois, Asløg. Sem que pudessem fazer nada, o pequeno Niels. Assim foram caindo, um depois do outro, inexoravelmente, como flocos de neve: cof, cof, cof, cof.

A tuberculose se contrai principalmente pelas finas partículas de saliva, rica em germes, também conhecidas como gotas de Flügge, que os tuberculosos eliminam quando tossem, espirram, falam. A mãe tuberculosa que conta uma história para seu filho, por mais que essa história seja eficaz contra a escarlatina, representa uma via régia de transmissão. Por isso mesmo, ela tem a obrigação de se isolar, assim que o diagnóstico é estabelecido. A tuberculose contraída durante a infância, por via materna, costuma ser uma das mais mortíferas.

O sr. Kristensen não se contagiou, mas por pouco não perde a razão. Em questão de semanas, um micróbio, aliado à irresponsabilidade sanitária de uma mulher, arrebatara a felicidade de seu lar. O que antes havia sido uma casa povoada por vozes infantis, brinquedos, risadas, se transformara em um lugar na penumbra, fedendo por causa do benjoim e da tosse de cão de sua esposa.

Até então, assistira murcho e mudo a essa guerra bacteriológica. Mas ao perder Niels, quando se deu conta de que não havia mais nada a fazer, liberou sua aversão. Invocando os riscos que corria, internou sua esposa num hospital na ilha de Fyn. E esperou que morresse.

A sra. Kristensen não quis abandonar seu lar. Implorou, grunhiu, quebrou um vaso. Foi em vão. O sr. Kristensen não cedeu e a internou sem piedade alguma. Na realidade, seu anseio mais profundo era refazer a vida, fundando uma nova família. Falando claramente: ele estabelecera relação com outra mulher sem nenhum atrativo físico, material ou espiritual, mas que fizera o teste de Mantoux, com uma reação tuberculínica negativa. A BCG fez o resto.

Durante sua agonia não foi vê-la uma só vez. Nem sequer mandou flores ou chocolates. A sra. Kristensen, que imediatamente se deu conta de tudo, não se alterou e planejou minuciosamente uma vingança, com esse ódio gelado tão característico dos tuberculosos. Ariadna apareceu no momento certo. Dorothea Kristensen morreu muito feliz, sabendo quão infeliz deixaria seu marido, deserdando-o.

O sr. Kristensen não se deu por vencido tão facilmente. Iniciou uma ação que perdeu. Não havia nada a fazer. Em vão alegou que as faculdades mentais da sra. Kristensen se eclipsaram ao redigir o testamento e que Ariadna se aproveitara dessa debilidade para se apoderar da herança que cabia a ele. A lei é a lei e a letra é a letra. O testamento dizia sem ambiguidades que Ariadna Sørensen era a inventariante das *Histórias* de Dorothea Kristensen.

Foi uma decisão muito acertada. Ariadna era a pessoa ideal para se ocupar da Liga. Assim que um homem de letras começava a tossir, deixando no lenço uma mancha de sangue, Ariadna subia em uma bicicleta, em um paquete, em um automóvel; batia na porta, fazendo soar o batente, ou tocava o sino; atravessava corredores e pátios, subia escadas; tirava o chapéu e o casaco de peles, sentando-se ao lado da moribunda ou do moribundo, apertando sua mão, a fim de lhe dar um pouco de ânimo.

Para ganhar a confiança, a primeira coisa que fazia era, segundo o protocolo de sempre, começar a ler algum conto de Dorothea Kristensen. A leitura produzia um efeito refrescante naqueles quartos, que costumam cheirar a cânfora, com o ar saturado de bacilos. Em geral, a reação dos moribundos era positiva. Sentiam-se tão apoiados na companhia dela que, antes de expirar, chamavam um advogado para nomeá-la inventariante. E morriam muito tranquilos, deixando seus papéis em mãos daquela que foi chamada, a partir de então, a dama das tosses.

Ariadna defendia os interesses de seus defuntos com unhas e dentes. Quando não visitava os doentes, ocupava-se dos papéis dos falecidos. Mandava publicar os manuscritos que o morto ou a morta, não sem veleidade, mandara destruir, para que ao serem publicados, rodeados da aura da proibição, tivessem muito mais sucesso. Compilava textos dispersos. Decifrava cadernos indecifráveis. Tornava públicos correspondências e diários impublicáveis. Processava todos que faziam circular escritos sem sua autorização. O dinheiro que ganhava com os direitos de autor ia diretamente para os cofres da Liga de Ajuda aos Homens de Letras Afetados pela Tosse, sem o menor desfalque.

O advogado do sr. Kristensen investigou a vida da dama das tosses para encontrar algum fato do qual pudesse se valer para apelar contra a sentença. Não encontrou nada que tivesse peso diante dos tribunais. Ficou sabendo que nascera em Køge, não muito longe de Copenhague, e que desde o início sua existência fora marcada pelas dificuldades respiratórias. Ao nascer, em vez de gritar e chorar como o resto dos mortais, para estabelecer entre o interior e o exterior esse intercâmbio gasoso indispensável para a vida, Ariadna aspirou uma lufada de ar, abrindo desmesuradamente a boca e, em seguida, deixou de respirar. Seu diafragma travara.

A parteira esperou um pouco. Como a criança não reagia, deu-a por morta. Mas ela não estava morta. Ariadna só tinha que respirar, ou, mais exatamente, continuar respirando. Para dizê-lo em termos mais técnicos, a função respiratória não tinha se ativado de maneira automática, através do grito ou do pranto. E enquanto a parteira se perdia em mil e uma conjecturas sobre a razão desta imperfeição técnica, Ariadna ficou azul.

Para pôr fim àquele estado de apneia, a parteira entreabriu a boca de Ariadna, beliscou a ponta de sua língua e começou a colocá-la e tirá-la energicamente da cavidade bucal, umas vinte vezes por minuto, para destravar o músculo. Ariadna ficou roxa.

A parteira tentou então o procedimento de Schaefer. Para isso, deitou a criança sobre o ventre, com a cabeça para o lado direito e os braços estendidos por cima da cabeça. Apoiando as mãos sobre as costas, a parteira exerceu bruscamente uma pressão sobre os pulmões para provocar uma expiração. Ouviu-se um rangido. Ariadna ficou preta.

A mulher perdeu a pouca paciência que lhe restava e começou a sacolejar Ariadna. Do minúsculo esqueleto, desprendeu-se a costela que tinha se fraturado. Ao roçar os outros órgãos, a costela começou a soar na caixa torácica, como uma moeda em um cofre.

Outra profissional teria mudado de técnica de reanimação. Nesse caso, teria sido melhor o procedimento de Sylvester ou, melhor ainda, o procedimento de Eve. Mas como essa parteira era uma mulher bastante obstinada, em vez de ceder diante dos obstáculos que a realidade lhe impunha (maneira redundante de dizer, posto que a realidade não passa disto: um obstáculo), teimou ainda mais. E a sacudiu com todas as forças.

A costela acabou perfurando um pulmão: o pulmão esquerdo. Ariadna teve sorte. Porque os pulmões são um dos poucos órgãos repetidos do organismo. O osso poderia ter perfurado algum órgão solitário, como o coração, o cérebro ou a bexiga, provocando instantaneamente a morte àquele ser que custava tanto a nascer. Aquilo que poderia ter lhe provocado a morte acabou salvando sua vida. Quando a costela deu em cheio no lóbulo inferior, o pulmão se contraiu violentamente, produzindo uma expulsão de ar. Em vez de gritar ou chorar, Ariadna tossiu. E, ao tossir, não só cuspiu a costela como destravou seu diafragma. Desse modo, pôs-se em funcionamento o automatismo da respiração. O coração pôde bombear sangue arterial e o sangue arterial chegou até o cérebro com sua provisão de oxigênio bem a tempo, quando os neurônios estavam dando os primeiros sinais de desfalecimento. Então Ariadna ficou roxa, depois azul e depois vermelha. Ao abrir os olhos e perceber a luz do mundo, ela foi a luz do mundo.

A tosse salvou sua vida, mas envenenou sua primeira infância. Era impossível ter uma infância feliz com um pulmão perfurado, perdendo ar a cada inspiração e expiração. Ariadna era motivo de gozação entre todos os micróbios, que entravam e saíam de seu pulmão quando bem entendiam. E enquanto as outras crianças aprendiam a falar, a andar e a controlar os esfíncteres, Ariadna também aprendia a andar, a controlar os esfíncteres e a falar, somando a essas árduas aprendizagens a aprendizagem da tosse.

Como era filha única, seus pais concentraram todos seus afetos, ações e pensamentos na preservação de sua saúde, declarando guerra aos bacilos. O que começou com uma preocupação justificada se transformou com o tempo em uma obsessão. O único assunto de conversa dos Sørensen eram os germes.

Esse estado de guerra sem um só instante de trégua os obrigara a adotar medidas de precaução extremas. Os empregados domésticos deviam varrer minuciosamente a casa várias vezes por dia, e o próprio sr. Sørensen verificava pessoalmente se não havia sobrado uma única partícula de pó, nem um só micróbio sob o tapete. Toda manhã, uma empregada ia ao mercado comprar cítricos, que mais tarde a sra. Sørensen pessoalmente exprimia, obrigando Ariadna a ingerir diariamente pelo menos uns vinte decilitros. Ricos em vitamina C, os cítricos são a melhor prevenção contra as doenças das vias respiratórias.

Como podem imaginar, não havia nada neste mundo que desse tanto nojo a Ariadna como uma laranja, para não falar das toranjas. Quando sua mãe a obrigava a beber aquela bebida alaranjadamente imunda, cheia de grumos, Ariadna esfregava os olhos e desatava a chorar. A sra. Sørensen ficava toda arrepiada.

As mãos são membros que, em perpétuo contato com o mundo, podem transmitir uma infinidade de doenças, entre elas, a febre tifoide, o cólera e a meningite cérebro-espinhal epidérmica. Esfregar os olhos ao chorar pode ter consequências nefastas não apenas para a conjuntiva. Acrescentar alguns micróbios às centenas já presentes nas lágrimas faz dessas últimas um temível vetor de infecção. As lágrimas podem transmitir não só a conjuntivite, mas também a queratite ulcerosa pneumocócica e a oftalmia do Egito. Derramar lágrimas pode ser tão insalubre quanto tomar banho numa cloaca.

A sra. Sørensen proibiu terminantemente Ariadna não só de mexer nos olhos sem ter lavado previamente as mãos como também de chorar. Ariadna teve que se virar para encontrar um meio termo entre a proibição materna e suas necessidades lacrimais, desenvolvendo uma nova arte de chorar, que consistia em concentrar um máximo de afeto em um mínimo de lágrimas. Assim cresceu Ariadna, a menina do pulmão perfurado, ligeiramente taciturna por falta de brincadeiras com outras crianças, fonte de transmissão de tantas pestes e pragas. Em vez de ir à escola, Ariadna tinha aulas em casa com uma preceptora que usava uma máscara sobre a boca, para garantir um saber isento de contágios.

Nada mais errado.

Na escola, as crianças não só aprendem a ler e escrever e fazer cálculos e conhecer datas e nomes de rios e cidades, mas também a abominar as letras, a matemática, a geografia, a história e o estudo em geral. E ninguém deve se lamentar por isso. A escola faz muito mal à saúde. Essa hostilidade não passa de uma reação de legítima defesa do organismo. Basta comparar uma criança antes e depois de entrar no sistema escolar. No início, é a encarnação da vida: tudo nela é força, brincadeira, possibilidade. No final, é um ser resmungão, entediado, ligeiramente encurvado, propenso às dores nas costas.

Ariadna teve que travar sozinha esse combate contra o saber. Isolada como estava, era-lhe impossível oferecer a menor resistência ao canto da sereia adequadamente filtrado da preceptora. Em vez de se rebelar, submeteu-se à férula, tornando-se uma aluna perfeita, que assimilava instantaneamente tudo que ela lhe ensinava e trabalhava por sua conta mais do que o devido.

Se a preceptora pedia a ela que aprendesse a tabuada de dois, Ariadna aprendia também a de três e a de quatro. Se a preceptora pedia a ela que memorizasse os nomes das ilhas da Dinamarca, Ariadna memorizava também os nomes dos acidentes geográficos da península escandinava. Se a preceptora pedia a ela que recitasse os nomes das principais dinastias europeias, Ariadna recitava também os nomes das principais dinastias egípcias.

Felizmente, há males que vêm para o bem. A preceptora fez aquilo que os Sørensen e os médicos não souberam fazer: ler para Ariadna as *Histórias para crianças com pulmão perfurado*. As histórias tiveram o mesmo efeito que uma injeção de iodeto de potássio, mas sem seus efeitos colaterais. O gênio de Dorothea Kristensen soubera combinar os sentidos e os sons em suas proporções justas para remendar a árvore bronquial. Graças aos contos de Dorothea Kristensen, Ariadna começou a gozar de uma ventilação pulmonar aceitável.

Uma noite, o sr. Sørensen se descobriu e tossiu: cof.

O casal acordou sobressaltado. Embora o sr. Sørensen tivesse tossido uma vez, e somente uma vez, este fato bastou para ativar o alarme: cof, cof.

Chamaram o médico da família. O médico submeteu o corpo do sr. Sørensen a todos os exames possíveis: percussão, auscultação, respire pela boca, segure a respiração, diga trinta e três. No final do exame, afirmou que os pulmões do dr. Sørensen gozavam de perfeita saúde. Que se tratava de uma simples tossezinha noturna, que se dissiparia tão rápido como a bruma. Era preciso deixá-la passar, como quem deixa passar uma mosca.

Uma simples tossezinha noturna! Que se dissiparia tão rápido como a bruma! Que era preciso deixá-la passar como uma mosca! Cof, cof, cof.

O sr. Sørensen chamou outro médico que lhe disse a mesma coisa. E então consultou outro e outro e outro, para escutar sempre o mesmo diagnóstico. Enquanto isso, o sr. Sørensen continuava tossindo, com uma tosse cada vez mais febril, mais negra, mais fibrosa, que ia se afundando cada vez mais na caixa torácica, até sair finalmente não mais dos pulmões, mas do coração, mais exatamente da válvula sigmoide.

O pior de tudo foi que, depois de um tempo, a sra. Sørensen também começou a tossir, com uma tosse desafinada, produzida mais pelo pulmão esquerdo do que pelo direito, que se deslocava pelo corpo sem cessar, tomando seu pavilhão auricular, suas axilas, suas unhas.

Tudo havia sido obra do bacilo de Scalpighi, agente da tosse nômade, que se expande pelo organismo, como um câncer, fazendo metástases em lugares tão afastados dos pulmões como o colo iliopélvico.

Para evitar o contágio, os Sørensen enviaram imediatamente Ariadna para o campo. Embora a família

Sørensen tivesse se vacinado contra o tétano, a varíola e a tuberculose, esqueceram-se da vacina contra o bacilo de Scalpighi. Ao que não posso deixar de recriminar os higienistas, certamente financiados pelos laboratórios alemães, que contribuíram a dar uma popularidade exagerada ao bacilo de Koch, deixando nas notas de rodapé dos manuais de patologia bacilos não menos perniciosos como o bacilo de Scalpighi.

Os Sørensen pagaram o erro com a vida. Dois meses mais tarde, o sr. Sørensen expirou nos braços da sra. Sørensen: cof. E dois meses mais tarde, a sra. Sørensen também expirou, mas expirou sozinha, absolutamente sozinha: cof, cof. Sua última vontade foi que Ariadna permanecesse no campo, sobretudo durante o enterro. Os micróbios presentes nos funerais dos pais, assegurou, costumam ser os mais mortíferos.

O homem do tabaco

Um tribunal de Edmonton, na província de Alberta, Canadá, declarou culpada a Southern Tobacco Company das acusações imputadas por Joshua Lynn, que deverá ser indenizado em dois milhões de dólares. Essa sentença estabelece um precedente sem igual na história penal da literatura, dando esperanças a milhares de escritores fumantes. Joshua Lynn acusou a fábrica de tabaco de ter provocado danos e prejuízos não só a seu aparelho respiratório, mas também e fundamentalmente à sua saúde artística.

A prova?

Joshua Lynn foi um dos escritores mais célebres de sua geração, graças a um conto intitulado "Eva", publicado na mítica *Astounding Mysteries Magazine*, com a idade de dezenove anos, quando era um estudante de história da Universidade de Edmonton.

Joshua Lynn escreveu o conto de uma só vez, numa noite de insônia. De manhã, em vez de jogá-lo no lixo, seguindo os conselhos de sua namorada, o enviou pelo correio à sua revista de ficção científica favorita. O conselho editorial o publicou no número seguinte, sem vacilar.

Tratava-se de uma antiga ideia, mas muito bem explorada, com uma guinada que a tornava incrivelmente nova: a máquina para viajar ao futuro, inventada pelo dr. Curtis, mas que em vez de viajar ao futuro, viajava ao passado ou, mais exatamente, a um passado modificado, por subtração, divisão, multiplicação ou adição de seus acontecimentos mais significativos. Para Joshua Lynn, o tempo era curvo e a história não passava de repetição: repetição de uma mínima divergência que fazia com que todo o resto fosse diferença.

Em sua primeira travessia, Timothy Curtis viaja ao ano de 2061 da nossa era. Em vez de ser testemunha de uma invasão extraterrestre, encontra-se com Adão dormindo profundamente no jardim do Éden, como da primeira vez. Mas não é a primeira vez. O universo acabou de sucumbir no meio de uma guerra intergaláctica e Deus não teve outro remédio senão começar do zero.

Como se nada tivesse acontecido, no primeiro dia distingue a luz da escuridão. No segundo, separa o céu da terra. No terceiro, cobre a terra com plantas. E assim sucessivamente, até que no sexto dia, quando não há mais brumas e as cores do prisma são puras, não por refinamento da arte, mas porque a luz mostra as coisas tal como elas são, Deus cria o homem, à sua imagem e semelhança. E também a mulher.

Em vez de tirar uma costela de Adão, Deus lhe arranca uma unha. Esse ínfimo detalhe muda radicalmente o curso dos acontecimentos. Nesta segunda versão da história da humanidade, Eva não é uma criatura de carne e osso propensa às tentações, mas um ser de matéria córnea e semitransparente, com as vísceras à vista, que não para de crescer vários milímetros por dia.

O problema do primeiro homem e da primeira mulher não é mais o pecado original, mas um puro problema material: o problema da forma. É preciso evitar que Eva perca a forma. Armado com umas ferramentas toscas, Adão passa dia e noite lixando seus contornos. O primeiro homem não é nem guerreiro, nem caçador, nem agricultor, mas manicuro. A tarefa, como podem imaginar, é extremamente ingrata. Basta errar um milímetro para que Eva comece a crescer em qualquer direção, transformando-se após um tempo em qualquer coisa: uma galinha da Guiné, um baobá ou uma locomotiva com pijama. Para resolver semelhante dificuldade, Timothy Curtis faz Adão descobrir os benefícios da tesoura e do alicate: o cristianismo se torna um acontecimento historicamente desnecessário.

A revista recebeu uma avalanche de cartas de leitores. "É o conto mais original e divertido dos últimos tempos", escreveu Burt F., de Athabasca. "Simplesmente inesquecível", afirmou Samantha K., de Yorkton. "Até o mal-humorado Deus do Antigo Testamento teria rido com uma gargalhada que faria tremer o Universo", assegurou o reverendo O., de Labrador City.

Era indubitável: nascera um novo talento. Graças a Joshua Lynn, a *Astounding Mysteries Magazine* esgotou sua tiragem de cinco mil exemplares. O conselho editorial decidiu contratar Joshua Lynn como colaborador permanente, pagando-lhe uma fortuna. Abandonando sua namorada e sua Edmonton natal, Joshua Lynn se instalou em Toronto. Da noite para o dia, tornara-se uma celebridade.

Esse sucesso rotundo impôs a Joshua Lynn certas obrigações, por exemplo, uma vida mundana. E essa vida mundana lhe impôs, por sua vez, outras obrigações, por exemplo, o imperativo de fumar. O tabaco lhe dava uma pose. Afinal o que era, naquela época, para nós felizmente distante, o retrato de um homem de letras sem um cigarro, um charuto ou um cachimbo entre os lábios, ligeiramente de lado, em frágil equilíbrio?

Sem ter consciência do perigo ao qual se expunha, Joshua Lynn começou a fumar. Primeiro dez, depois vinte e, muito rápido, trinta cigarros por dia: cigarros enrolados com um delicioso tabaco da Virginia, cor âmbar. O que não deixou de afetar, como era lógico, sua prosa. Quando o conselho editorial da revista lhe encomendou um segundo conto, Joshua Lynn começou a escrever um romance de ficção científica, que apareceu em vinte fascículos semanais, retomando o mesmo personagem: o dr. Curtis. À imagem e semelhança de seu autor, o dr. Curtis era um personagem fumante, que consumia uma média de cinco cachimbos por episódio. A nicotina é um vício poderoso. Parar de fumar às vezes é muito difícil.

Nesse primeiro romance, Timothy Curtis viaja ao ano 4443 de nossa era, ao antigo Egito, no dia da ascensão ao trono de Aquenáton. Enquanto prepara um de seus cachimbos, Timothy Curtis deixa cair, por descuido, uma fibra de tabaco holandês perto das margens do Nilo. Uns dias depois, aparece uma planta de aspecto fétido e repugnante, até então desconhecida pelos egípcios: a *Nicotiana tabacum*. Um tempo depois, seguindo o exemplo de Timothy Curtis, Aquenáton e sua esposa Nefertiti começam a fumar tabaco de fibra longa, sem prensá-lo.

Em vez de expulsar os deuses do Antigo Egito, difundindo a heresia de Amon, deus do sol, Aquenáton impõe a seu povo o consumo de cigarros. Esse novo vício produz uma verdadeira revolução política, econômica, social, teológica e artística. Em vez de se empenhar na construção de pirâmides, que seriam a admiração de Heródoto, Napoleão e Hegel, os egípcios começam a construir fábricas de tabaco. As tumbas dos faraós estão repletas, não de tesouros, mas de charutos. Por acaso um charuto não é uma múmia de tabaco?

A revista recebeu novamente uma avalanche de cartas de leitores. "Achei o retrato de Nefertiti, com um cigarro entre os lábios, dez vezes mais lindo do que o busto que vi nesse último verão no Ägyptisches Museum de Berlim", assegurou Ralph R., de Prince Albert. "Extraordinário. Ainda estou arrepiada", escreveu Chloé K., de Vancouver. "Simplesmente estupendo", afirmou Andrew V., de Winisk.

Um editor se interessou pela publicação de *Aquenáton*. Mas Joshua Lynn preferiu o formato *pulp*. Além de ter uma relação mais íntima com os leitores, ganhava quinze vezes mais. Graças às aventuras de Timothy Curtis, a revista conseguia vender mais de dez mil exemplares por número, o que naquela época era uma cifra exorbitante. Joshua Lynn ficava com trinta por cento dos lucros. Se tivesse passado por um editor, teria ganho famélicos dez por cento.

Bem-apessoado, célebre e fumante, Joshua Lynn se tornou também rico e contraiu núpcias com uma milionária, também bela e elegantemente fumante, que aspirava vinte cigarros por dia, através de uma boquilha de platina.

Reconfortado pelo sucesso social, sentimental e profissional, Joshua Lynn começou a escrever um segundo romance, retomando uma trama que já era um clássico. Timothy Curtis viaja à Roma imperial do ano de 6298, levando consigo algumas armas de fogo que permitiriam ao império romano resistir às invasões bárbaras. Seu objetivo é evitar a queda do império romano do Ocidente e os séculos de intermináveis trevas que se seguem.

Pois bem, quando chega a Roma, depara-se com uma cidade coberta por uma névoa espessa, apesar de ser pleno verão. Não se trata de um fenômeno meteorológico excepcional, mas de uma mudança fundamental nos costumes da humanidade em virtude da modificação introduzida no Antigo Egito de seu romance anterior. Sob a influência dos egípcios, todas as civilizações da bacia mediterrânea começaram a fumar. Tão práticos em tudo, os romanos souberam aproveitar ao máximo os benefícios do tabaco.

Em vez de um império exangue e dividido, governado por Rômulo Augusto, o último e patético imperador, um povo embrutecido pelo circo e os costumes licenciosos, um exército indisciplinado e mal pago, Timothy Curtis tem o prazer de, andando pela rua, descobrir o Coliseu restaurado, transformado em um grande cinzeiro, cheio de guimbas de cigarro. Graças ao tabaco, Roma pode suportar as invasões bárbaras, de maneira muito mais relaxada, desfrutando plenamente de cada um de seus instantes.

Uma nova avalanche de cartas de parabéns e admiração invadiu a caixa de correio da *Astounding Mysteries Magazine*. Mas entre essas centenas de cartas, chegou uma cujo remetente era um tal Cliff Clayton, médico de Prince George, Columbia Britânica. A redação da revista a publicou, para lançar uma polêmica que supostamente faria aumentar o número de vendas, sem medir as consequências. Basta um acontecimento insignificante para derrubar um império ou um autor no auge da celebridade.

O dr. Clayton pedia que cancelassem imediatamente sua assinatura. Estava indignado que sua revista preferida publicasse uma porcaria dessas, fazendo publicidade de um veneno. Na realidade, o que mais incomodava o dr. Clayton era que Joshua Lynn tivesse cometido um erro imperdoável em matéria histórico-científica. Se a humanidade tivesse começado a fumar na Antiguidade, teria se extinguido irremediavelmente antes da Idade Média. Segundo estudos epidemiológicos recentes, os fumantes costumam padecer cem vezes mais de bronquites, pneumonias, insuficiência cardíaca, hipertensão arterial, úlcera, impotência, abortos, do que os não fumantes. E isso não é o pior. Está provado que o consumo de tabaco aumenta consideravelmente o risco de câncer no pulmão, esôfago, faringe, laringe, úvula. Inclusive de estômago, duodeno, bexiga. Exposta a tantos achaques, nenhuma civilização da Antiguidade, por mais avançados que estivessem seus conhecimentos médicos graças ao embalsamento, poderia ter chegado a subsistir mais de dois séculos.

No número seguinte, a revista perdeu metade de seus leitores. Como essa perda provocou na revista sérias dificuldades financeiras, o diretor decidiu prescindir dos serviços de Joshua Lynn. No seu lugar, contrataram um jovem talentoso, sim, mas essencialmente não fumante, que escrevia uma ficção científica sem aditivos nem estimulantes. A mulher de Joshua Lynn parou de fumar e pediu o divórcio.

Joshua Lynn não se deu por vencido e tentou ganhar o público perdido, escrevendo um novo romance. E também tentou acalmar um catarro, que não o deixava em paz nem de noite nem de dia, com umas pastilhas mentoladas. O cigarro contém substâncias irritantes que destroem os cílios bronquiais, cuja função é remover a poeira do ar aspirado. Sem cílios bronquiais, os pulmões vão se recobrindo de fuligem e alcatrão, como uma chaminé. Quem fuma um maço de cigarros por dia inala uns oitocentos e quarenta centímetros cúbicos de alcatrão por ano. Para deixar de tossir, simplesmente teria que ter deixado de fumar. Mas não foi o caso. Às vezes o mais simples é o mais complicado. A nicotina é um vício poderoso. Parar de fumar às vezes é muito difícil. Não hesite em buscar ajuda e pedir conselho a um especialista.

Joshua Lynn pôs o tabaco em seu lugar, isto é, nos planaltos da América Central, e fez Timothy Curtis viajar para a Espanha dos Reis Católicos do ano 7355. Seu objetivo era impedir que Colombo descobrisse a América. Sem o descobrimento da América, não haveria descobrimento do tabaco e, sem o descobrimento do tabaco no início desta segunda Idade Moderna, não haveria contágio de um costume tão mortífero.

Timothy Curtis embarca numa das três caravelas como timoneiro. Pois bem, quando as embarcações se afastam umas quantas milhas das Ilhas Canárias e se encontram no meio do Atlântico, Timothy Curtis muda abruptamente de rumo, virando a estibordo uns noventa graus. Em vez de chegar a uma ilha tropical, a expedição de Colombo encalha numa ilha ártica, que batizam de Groenlândia. Em vez de índios fumantes, Rodrigo de Jerez e Luís de la Torre encontram gêiseres. Profundamente decepcionada pelo aspecto inóspito da terra que acabam de descobrir, a tripulação pede a Colombo que dê marcha a ré. O Almirante tenta convencer seus homens a seguir adiante, já que logo descobrirão umas ilhas muito férteis, com rios cristalinos e árvores altas e floridas, com frutos deliciosos e refrescantes e rouxinóis pulando e trinando de galho em galho que são uma maravilha de ver e de ouvir. Mas esse discurso, pronunciado no meio de uma nevasca, não é nada convincente. Colombo não tem outro remédio senão aceitar o retorno à Europa de mãos vazias. Esse fracasso mina seu estado de ânimo. Profundamente deprimido, o Almirante se suicida. Seu corpo é jogado no Atlântico e desaparece, devorado pelos tubarões.

Joshua Lynn enviou o manuscrito a várias revistas. Mas nenhum conselho editorial quis publicar uma história daquelas. Disseram a ele: "De nada servem as boas intenções se não forem acompanhadas de boas ações". No lugar de continuar escrevendo, teria sido melhor que parasse de fumar definitivamente.

Sem se dar por vencido, mandou o manuscrito a várias editoras. Embora reconhecessem nesse romance seu talento inconfundível, disseram a ele que não era possível publicá-lo. Em cada página e em cada linha, havia um bafo pestilento de tabaco, mal dissimulado. Os leitores não poderiam deixar de se sentir como pinguins um só instante, chafurdando em um pântano de alcatrão. Certamente algum personagem fumava escondido.

Sua carreira estava arruinada, definitivamente arruinada. Assim foi que aquele que, aos dezenove anos, com seu primeiro conto, alcançara o cume da celebridade, alguns anos depois, sem ter chegado aos quarenta, se transformara numa guimba de pele e osso. Joshua Lynn não teve outro remédio senão abrir fogo contra a fábrica de tabaco que durante tantos anos estivera lhe administrando sua dose de veneno.

Incitado por seu advogado de defesa, tentou deixar de fumar de uma vez por todas e para sempre, utilizando o adesivo de nicotina, que tem dado resultados positivos em mais de sessenta e cinco por cento dos casos. Mas o adesivo não deu os resultados esperados. A nicotina é um vício poderoso. Parar de fumar às vezes é muito difícil. Não hesite em procurar ajuda e pedir conselho a um especialista.

Beba muitos líquidos, em especial água. Tome chá e sucos de fruta, limitando o consumo de café e álcool, que pode aumentar seu desejo de fumar. Evite o açúcar e as comidas ricas em calorias. Muitos fumantes temem engordar ao deixar o cigarro. Isso pode ocorrer. Mas tenha em conta que a obesidade é muito menos cancerígena do que o vício em nicotina.

Para evitar o sobrepeso, faça exercícios regularmente. Ande, corra, regue o jardim. Dedique-se aos trabalhos manuais, como bordar, escrever cartas, resolver palavras cruzadas, lavar o carro. Mantenha à mão alguns substitutos morfológicos ou psicológicos do cigarro, como cenouras, talos de aipo, sementes de girassol, uvas-passas, chiclete sem açúcar.

Se houver uma recaída, não desanime.

A menina dos ossos

Desde sua mais tenra infância, Kathy Ishiyama foi de comer muito pouco.

Sua mãe, uma britânica que aprendera a culinária japonesa melhor do que uma cozinheira japonesa, empenhava-se em preparar para ela os manjares mais deliciosos. Toda manhã ia ao mercado para comprar frutas e verduras da estação, os peixes e carnes de melhor qualidade. Quando lhe preparava uma tigela fumegante de *kakitama-jini* (sopa de fios de ovos), Kathy fazia uma careta de desgosto: detestava a gema. O mesmo ocorria com os *o-sobu* (espaguete de trigo sarraceno, com molho de soja). Quando lhe serviam uma porção de *sukiyaki* de carne de boi ou de *tonkatsu* ou até de frango *teriyaki*, nem tocava no prato: tinha nojo de carne em geral. Sem falar do *norimaki sushi* (peixe cru enrolado em alga *nori* com arroz e uma pitada de mostarda): bastava a ideia de comer peixe cru para ter ânsia de vômito, bastava a ideia de provar um pouco de arroz aglutinado para passar mal. Para dizer a verdade, pouquíssimos alimentos, para não dizer nenhum, caíam na sua graça.

Em vez de obrigá-la a se alimentar corretamente, os pais se submeteram a tais caprichos. Não havia nada que o sr. Ishiyama considerasse tão daninho para uma criança do que o abuso de autoridade, principalmente em questões alimentares. Hostil aos chamados métodos duros empregados tão frequentemente por seus contemporâneos para obrigar uma criança a engolir sem dar um pio uma colherada de óleo de fígado de bacalhau, o sr. Ishiyama tentava convencer Kathy, por meio de explicações razoáveis, de que comesse, nem que fosse uma colherinha de sopa gelada de manga e leite de coco. Assim, sentava-se à mesa, junto de sua única filha, e lhe expunha com infinita paciência as virtudes nutritivas dos alimentos e, se o estratagema falhava, tentava ganhar os favores de sua imaginação, contando a ela alguma história com fantasmas. Desse modo, conseguia que Kathy desse, não sem desânimo, um gole ou uma mordida. Na realidade, quando seus pais não a viam, Kathy embrulhava a comida em um guardanapo e jogava na lixeira. Na falta de lixeira, dava para um cachorro.

Aos quinze anos, quando Kathy se transformou numa colegial alta e esguia, com o cabelo comprido até a cintura, a perda de apetite se agravou. Os pais não tomaram consciência da gravidade da situação. Viram nesse gesto uma mania extravagante e até elegante. Consideravam que a obesidade era algo horrivelmente vulgar.

Depois de um tempo, o corpo de Kathy começou a se desmaterializar. Os incipientes seios afundaram nas costelas. Os braços e pernas foram perdendo carne, até se transformarem em quatro arames. No lugar dos olhos e da boca, formaram-se três buracos. A linda cabeleira ficou quebradiça e começou a cair. A menstruação desapareceu.

Aí, sim, Kathy (33 kg) deixou de comer completamente. Aí, sim, os pais começaram a se preocupar e tentaram fazer alguma coisa. Mas já era tarde demais. A essa altura, de nada valiam as explicações científicas, nem as histórias de fantasmas, nem sequer uma boa surra bem dada, pois Kathy perdera toda espessura nas nádegas. Não houve forma de lhe devolver o apetite. Não houve forma de fazê-la ingerir alimento. Não houve forma de fazê-la raciocinar. Os pais não tiveram outro remédio senão a medicina.

Apareceu então uma divergência.

O sr. Ishiyama considerava que, para devolver a fome de Kathy (32,5 kg), o melhor era levá-la a um médico nutricionista. A sra. Ishiyama, por sua vez, pensava que o melhor para devolver a Kathy (31,8 kg) o apetite era recorrer a alguns tratamentos alternativos oferecidos no Japão, muito menos agressivos do que os tratamentos ocidentais, além de mais naturais e em perfeita harmonia com o cosmos. Kathy (30,7 kg) só queria que a deixassem em paz. O salgueiro contempla a imagem do faisão ao contrário.

Enquanto sua filha evaporava, os pais discutiam interminavelmente sobre os prós e os contras da medicina oriental e da medicina ocidental, sem chegar a um acordo. Era necessário agir. Fazer alguma coisa. O que quer que fosse. Logo.

Pelas costas da esposa, o sr. Ishiyama levou Kathy a um médico nutricionista, que lhe receitou uma série de injeções intramusculares. E, pelas costas do marido, a sra. Ishiyama levou Kathy a uma consulta com um acupunturista, que enfiou agulhas no centro do apetite, situado na sola do pé direito.

O resultado, como costuma acontecer quando se combinam medicamentos incompatíveis, não foi o esperado. A acupuntura anulou os efeitos das injeções e as injeções anularam os efeitos da acupuntura. Kathy continuou emagrecendo em queda livre. Seu corpo foi perdendo peso e volume, até que ela se transformou numa verdadeira Menina Esqueleto, que ninguém podia ver sem estremecer. Era a própria imagem da morte. (Utilizo as maiúsculas para dar um pouco mais de substância a essa pobre criatura, que tinha tão pouca.)

Quando todo mundo já havia perdido as esperanças, Kathy recuperou repentinamente o apetite. Foi numa tarde de inverno, durante a visita de Yuko, sua melhor amiga. Como melhor amiga que era, Yuko não se deixou intimidar. No lugar de um ramo de crisântemos, um vidro de óleo de sândalo para a pele ou uma gaiola com um rouxinol que cantasse somente nos dias de neve, trouxe-lhe como presente um saco de balas de gengibre, marca *Shôga*.

Kathy começou a devorar centenas de balas de gengibre por dia. Assim que abria os olhos, comia dez. No almoço, umas vinte. Cinquenta na merenda. E, novamente, cem no jantar. Glup!: como uma avestruz. Ou melhor: cratch!, como uma piranha, atraída não pelo sangue, mas pelas guloseimas.

Os pais de Kathy estavam mais do que surpresos. O aspecto das balas *Shôga* era muito pouco sedutor. Rosadas e filiformes, lembravam menos um doce capaz de abrir o apetite de uma criança do que um desses vermes que se encontram nos intestinos de quem costuma comer peixe cru. E não só isso. As balas *Shôga* eram duras que nem pedra. Era preciso chupá-las durante horas para amolecê-las e dissolvê-las sob a língua. E isso não era o pior. Apesar da quantidade de sacarose e maltose, gorduras vegetais, amido e gengibre que continham, as balas *Shôga* lhes pareciam sem gosto. Provaram inúmeras balas para entender, mas nunca entenderam. Sempre acontecia a mesma coisa. Quando a bala de gengibre acabava de se desfazer na boca, as papilas gustativas conseguiam reconhecer algo parecido a um sabor, mas que não era um sabor, ou melhor, conseguiam reconhecer um sabor, mas era um sabor muito tênue, à beira da sensação, entre o sentir e o não sentir.

Mas não se queixavam.

A cada bala que ingeria, Kathy engordava alguns gramas. Pior teria sido a morte por inapetência. Graças às balas *Shôga*, Kathy recuperou suas cores. A cabeleira recobrou o brilho, o volume e a sedosidade de outrora, também graças às balas *Shôga*. E graças às balas *Shôga*, Kathy alcançou um peso respeitável: quarenta e dois quilos.

Embora não compreendessem muito bem, os pais transbordavam de alegria, pensando que se tratava de um efeito tardio, mas indiscutível, da medicina. Em segredo, o sr. Ishiyama se congratulava pelos progressos da medicina ocidental. E, também em segredo, a sra. Ishiyama se orgulhava dos feitos da medicina oriental. Enquanto isso, Kathy engolia bala após bala, com tanta gulodice que já não se sabia muito bem quem devorava o que: se Kathy, as balas, ou se as balas, Kathy.

Em cada canto da casa, misturados com o tique-taque do relógio e o rom-rom do liquidificador que transformava leite e bananas, com uma pitada de essência de baunilha, numa vitamina que a sra. Ishiyama preparava para a merenda, ouviam-se os estalos do papel-celofane descolando até deixar descoberta a carne de uma bala *Shôga*.

Os pais ignoravam que era preciso buscar o gosto em outro lugar, não no sabor mas na cor, não da bala mas do papel que a embrulhava. Inscrita em letras negras sobre vermelho metalizado, era possível ler uma frase. Na realidade, era só disso que Kathy gostava: a frase surpresa das balas *Shôga*.

Kathy não era a única. Milhares de crianças japonesas, todos os dias, chovesse ou nevasse, na entrada ou na saída da escola, se precipitavam sobre o baleiro, como um enxame de gafanhotos, para comprar balas de gengibre, marca *Shôga*, e desembrulhá-las com mãos trêmulas e ansiosas, esperando encontrar a frase que as fizesse viver a vida de um modo muito mais nítido, tangível, leve.

Um dia, ao acordar e abrir a primeira bala da manhã, em vez da frase tão esperada, Kathy se deparou, para seu grande assombro, com um papel antipaticamente retangular que dizia: "Viaje às ilhas Fiji, mandando sua frase para *Shôga*. A frase selecionada, além de fazer você ganhar a viagem, embrulhará suas balas de gengibre, únicas, suculentas, insuperáveis". Abriu uma segunda bala e aconteceu a mesma coisa. A mesma coisa aconteceu com a terceira, com a sétima, com a décima. No lugar da frase, deparou-se com o mesmo papel: "Viaje às ilhas Fiji, mandando sua frase para *Shôga*".

Um calafrio percorreu sua coluna vertebral.

A primeira coisa que ela fez foi ir ver sua amiga Yuko, que se encontrava no mesmo estado de estupor. Ou pior ainda. Há vários anos, a cada manhã, ao acordar, Yuko desembrulhava uma bala de gengibre. E, como Kathy, naquela manhã desembrulhara uma, cinco, dez balas, marca *Shôga*. No lugar da frase, encontrara as regras do concurso.

Sem perder mais tempo, foram juntas ao supermercado mais próximo de seu domicílio e se dirigiram às prateleiras das guloseimas para comprar várias caixas de balas de gengibre, marca *Shôga*, que foram desembrulhando, uma por uma, para descobrir, não sem espanto, que o fabricante, sem dúvida seguindo alguma estratégia de marketing para criar certa expectativa nos consumidores, sem levar em conta que esses consumidores eram crianças e que essa estratégia não passava de uma forma mal dissimulada de crueldade, substituíra sistematicamente a frase pelas regras do concurso: "Viaje às ilhas Fiji, mandando sua frase para *Shôga*". Milhares de crianças japonesas fizeram a mesma coisa que Yuko e Kathy. E o resultado fora o mesmo. Já não restavam no mercado balas *Shôga* com a frase surpresa. O fabricante as retirara de circulação, para suscitar um estado de angústia geral.

E tivera sucesso. Alguns jornais anunciaram que, por culpa desse desabastecimento, o índice de delinquência juvenil estava aumentando de modo inquietante. A mesma coisa estava acontecendo com o índice de reprovação escolar. Inclusive com o índice de violência familiar. Enojada com as estatísticas, Kathy restringiu sua alimentação a três balas por dia: uma de manhã, uma de tarde e uma de noite.

Ao vê-la em tal estado, seus pais se alarmaram. E com razão. Deixaram escapar um longo suspiro de alívio quando descobriram qual era o problema. Não era muito difícil, pensaram, encontrar uma solução. O mundo, disse a ela o sr. Ishiyama, é uma frase interminável que contém milhões de frases. Entre essas frases, acrescentou a sra. Ishiyama, não será muito difícil encontrar alguma que abra de novo seu apetite, querida Kathy. Kathy deixava escapar um grunhido.

Os pais começaram a ler para sua filha livros que haviam lido quando crianças e que os haviam feito sonhar, sob a sombra de uma ameixeira, nas tardes de verão, ou ao lado de uma fogueira, nas noites de inverno; e, ao descobrir que Kathy ficava completamente indiferente, leram para ela as notícias mais importantes dos jornais, para pô-la a par dos principais acontecimentos nacionais e internacionais, enriquecendo sua cultura geral e despertando sua curiosidade; e, ao ver que Kathy bocejava, leram para ela os melhores mangás; e, ao perceber que Kathy se entediava soberanamente, as fofocas mais saborosas das revistas de moda, música, cinema, tatuagens. Seja qual fosse a leitura, o resultado era sempre o mesmo: o tédio.

Que abismo havia entre a frase das balas de gengibre, marca *Shôga*, e as milhares de frases dos livros, mangás, jornais e revistas, que se sucediam insípidas, insossas, perdendo toda força, à custa de se encadear, sem trégua, umas com outras, parcimoniosamente, sem graça, como elefantes! Que ideia dizer em dez mil frases o que é possível dizer com toda agilidade em uma!

Os livros, os jornais, os mangás e as revistas causavam a Kathy uma profunda repulsa. E com razão. Os livros geram graves danos à saúde. Por acaso os homens que mais leem não são aqueles que pior digerem? Conheci um jovem que, tendo se entregado exageradamente à leitura de romances opíparos, após um tempo, perdido naquela selva emaranhada de frases, não conseguiu mais abrir um livro sem que os músculos do rosto se contraíssem, sem que os membros ficassem com câimbra, sem que tivesse convulsões que o deixavam totalmente estúpido durante dias. É inútil acumular exemplos.

Embora as notícias fossem cada vez mais alarmantes, as autoridades continuavam sem reagir. Milhares de crianças japonesas estavam se abandonando à morte por inanição. Mais de cem já tinham sucumbido. Mais de cem se encontravam hospitalizadas, entre a vida e a morte, com uma sonda gástrica que entrava pelos orifícios do nariz. E mais de cem agonizavam em seus lares, diante do olhar impotente dos pais, levantando-se da cama só para ir ao banheiro vomitar restos de comida ingerida à força. Era insuportável. Verdadeiramente insuportável. Era preciso fazer alguma coisa. Ninguém que tivesse estômago podia ficar de braços cruzados.

Mas o que fazer?

A única coisa que ocorreu a Kathy foi esperar que o fabricante selecionasse uma das inumeráveis frases enviadas às balas *Shôga* e recomeçasse a produzir balas de gengibre embrulhadas em papel metalizado com uma frase surpresa: a frase vencedora. E, talvez, para se ressarcir dos dessabores da espera, por que não?, participar do concurso, enviando também uma frase: a frase de Kathy. Era verdade que uma quantidade inconcebível de crianças também enviaria frases: frases rivais. Mas também era verdade que uma menina com o potencial criativo de Kathy era capaz de escrever a frase que estava destinada a ganhar. Disso não restavam dúvidas. Assim se compensaria a crueldade do fabricante de balas *Shôga* com a crueldade de fazer milhares de crianças perderem. Bastava rabiscar algumas palavras, introduzi-las num envelope, grudar um selo e enviar a carta à caixa postal indicada nas regras. Como Kathy ficaria feliz ao desembrulhar uma bala *Shôga* e se deparar com uma frase escrita por suas próprias falanges descalcificadas! Provavelmente engordaria alguns gramas com a alegria! Em vez de se afogar em um copo d'água, valia mais ser paciente.

Impaciente, Kathy pôs mãos à obra, pedindo a Yuko que fosse por algum tempo sua secretária pessoal. Como boa amiga que era, Yuko aceitou. Encolhida em um sofá da sala, Kathy passava o dia todo, muito concentrada, ditando frases a Yuko: uma, quatro, nove. A sra. Ishiyama trazia para elas uma bandeja com porções de torta de maçã, polvilhada com nozes e canela, que Kathy nunca experimentava. Yuko acabava comendo sua parte e a de Kathy.

Certamente as outras crianças se contentariam em enviar a primeira frase que passasse pela cabeça; Kathy, nunca. Era exigente demais. Sempre havia alguma coisa que a incomodava, como uma mosca em um prato de sopa, e que a deixava profundamente insatisfeita. Assim que terminava de ditar a frase, ordenava a Yuko que a destruísse. Eram frases embaçadas, dizia, fora de foco, que não conseguiam capturar a sensação, por suas bordas, com nitidez. Eram frases às vezes engenhosas, às vezes alegres, às vezes tristes, às vezes bobas, mas sempre incapazes de produzir nela o êxtase em que caía, em um tempo não muito distante, ao descobrir a frase surpresa das balas *Shôga*.

Por culpa de uma alimentação baseada principalmente em guloseimas, Kathy carecia da dose necessária de fósforo para produzir uma frase que estivesse à altura das balas *Shôga*. Desfosforizado, seu cérebro se tornara uma criatura tosca e lerda, como um sapo, incapaz dos movimentos rápidos e eletrizados que as atuais circunstâncias exigiam. Se tivesse comido um pouco mais de peixe, a história teria sido muito diferente.

De mal com o mundo e consigo mesma, Kathy reduziu sua alimentação a uma bala só por dia, que engolia todas as manhãs, com um copo d'água, sem mastigar, sem chupar. O gosto das balas *Shôga* tinha se tornado verdadeiramente insípido para ela, sem a frase que os embrulhava.

Para lhe devolver o apetite, os pais também começaram a procurar. O sr. e a sra. Ishiyama passaram a escrever em papeizinhos tudo o que lhes ocorria. Durante as refeições, em vez de escutar o rádio, os pais liam frases, a fim de encontrar a frase de Kathy. Enquanto untavam uma torrada com geleia para damasco e amêndoas, a sra. Ishiyama dizia:

– Um cofre muito pequenino, branco como a cal, todos sabem abrir, ninguém sabe fechar.

Dizia Yuko, mordendo a torrada que a sr. Ishiyama acabara de lhe oferecer:

– A mais bela descoberta do homem é o bicarbonato de sódio.

E o sr. Ishiyama dizia, antes de beber um gole do café que Yuko acabara de lhe servir:

– O amor está, assim como o fogo, sempre em movimento perpétuo e deixa de existir tão rápido quanto deixa de esperar ou de temer.

Kathy dobrava e desdobrava um guardanapo de papel. Imperturbáveis, os pais e Yuko arremetiam de novo.

– Fujo da felicidade para que ela não escape.

– São vinte e sete os ossos da mão; os do pé, vinte e quatro; os do pescoço, sete até a grande vértebra; os da cabeça, oito; no total, noventa e um; com as unhas, cento e onze.

– Não há homem no mundo que não tenha desejado mais de uma vez não acordar no dia seguinte; por isso mesmo, o melhor da existência é sua brevidade, da qual tão frequentemente nos lamentamos, esquecendo suas dores e tormentos; se o mais obstinado otimista visitasse os hospitais, lazaretos e clínicas operatórias, ou os cárceres, as salas de tortura e os ergástulos; se fosse conduzido aos campos de batalha e aos lugares onde se erigem os cadafalsos; se o fizessem penetrar nos obscuros cantos onde pulula a miséria; desejaria com todas as forças ser uma barata para que alguém tivesse a amabilidade de esmagá-lo, por descuido ou piedade.

Quando davam por si, percebiam que Kathy se levantara discretamente da mesa para se trancar no quarto. Já ninguém se atrevia a incomodá-la. Yuko ia para a escola. Os pais se tranquilizavam ao espiar pelo buraco da fechadura e ver Kathy, deitada na cama, tremendo apesar dos vários cobertores, procurando uma frase, sua frase, a frase. Ao cabo de várias horas, Kathy aparecia de novo, cada vez mais pálida, com claros sinais de exaustão. Por culpa de uma hipoglicemia, acompanhada de um déficit de potássio no sangue, Kathy mal tinha forças para se levantar.

Não obstante, levantou-se de um salto, no dia em que o fabricante das balas *Shôga* deu a conhecer o resultado do concurso. Embora nunca tenha se atrevido a mandar nada, Kathy também esperava aquele instante, como todas as outras crianças, com grande expectativa. Logo, logo suas balas de gengibre favoritas voltariam a ser as mesmas!

Ligou o rádio meia hora antes. Junto com seus pais, ouviu o noticiário, corroída por uma mistura de chateação e ansiedade. Para apaziguar o ânimo da família, o sr. Ishiyama preparou um pouco de chá verde, muito conhecido por suas propriedades sedativas. Kathy estava tão nervosa que aceitou beber um gole. As vozes do rádio chegavam a ela de muito longe, como as cores, gostos e aromas. Não porque o mundo se afastasse de Kathy, mas porque Kathy se afastava do mundo.

De repente, soou um gongo. E fez-se um silêncio que o locutor rompeu após alguns instantes, que para Kathy foram séculos, para anunciar o resultado do concurso organizado pelas balas *Shôga*. Primeiro ele leu a frase selecionada entre as milhões de frases. Um calafrio percorreu o esôfago de Kathy de cima para baixo. Outro calafrio recorreu o esôfago, mas desta vez de baixo para cima, quando o locutor revelou o nome do ganhador. Ou melhor: da ganhadora. A frase tinha sido enviada por Yuko. Isto é: Yuko. Nada mais nada menos do que Yuko. A frase ganhadora era uma frase que a própria Kathy ditara a essa que em algum momento considerara sua melhor amiga, ordenando-lhe que a destruísse imediatamente. Mas em vez de destruí-la imediatamente, aquela que em algum momento ela considerara sua melhor amiga a mandara em um envelope às balas *Shôga*, assinando seu nome.

Kathy se trancou no banheiro. Quando o barulho do vômito cessou, seus pais se atreveram a bater na porta. Mas Kathy não abriu. Precisava desfazer o nó que tinha na garganta. O rumor do chuveiro mal conseguia afogar o burburinho de um pranto que pretendia ser discreto, mas que de nenhum modo podia sê-lo. Ninguém, nem mesmo a chuva, tem as mãos tão pequenas.

No dia seguinte, os jornais anunciaram que, depois do anúncio dos resultados do concurso organizado pelas balas *Shôga*, milhares de crianças japonesas sucumbiram, em circunstâncias bastante obscuras, vítimas de uma descompensação eletrolítica. Para acalmar a opinião pública, as autoridades expediram um mandado de captura do fabricante de balas *Shôga*, que estava foragido, e declararam o embargo de seus bens.

Kathy deixou de comer completamente. Os pais tentaram por todos os meios fazê-la ingerir alguma coisa, qualquer uma, nem que fosse uma migalha de pão, uma folha de alface, alguns grãos de alpiste. Mas Kathy se negou terminantemente. Dizia que a única amiga que lhe restava no mundo era a fome.

Apesar de sua astenia, Kathy continuou escrevendo frases: dez, vinte, cinquenta. Continuava escrevendo frases, dizia, não mais para ganhar um concurso, nem mesmo para embrulhar uma bala molambenta de gengibre, mas para se dar ao gosto: saborear o osso do real. Kathy pretendia escrever uma frase que não só transformasse radicalmente os modos de dizer, mas também e fundamentalmente os modos de gostar. Por que, ela se perguntava, ao provar uma iguaria, sempre se deixam de lado os ossos, que são a melhor parte? Por acaso não são os ossos o que dão o sabor? Por acaso os cachorros percebem com seus dentes de cachorro aquilo que escapa aos homens com seus paladares de homens? Ela não sabia o que estava dizendo. Não sabia que o preço a pagar por um apetite que se satisfaz com restos é exorbitante.

Não foi de se estranhar que a força que unia as diferentes partes de Kathy se atenuasse. Os átomos perderam elétrons. As moléculas perderam átomos. O corpo perdeu massa. Desapareceram os músculos. O sangue se tornou translúcido. As vísceras se contraíram, para ocupar menos espaço e, em consequência, gastar menos energia. Kathy se transformou de novo numa Menina Esqueleto, que ninguém podia olhar sem sentir um baque no coração.

Os pais tiveram que admitir que não lhes restava outro remédio senão recorrer de novo à medicina. Enquanto Kathy se desmaterializava, o sr. e a sra. Ishiyama começaram a discutir interminavelmente sobre as vantagens e desvantagens da internação hospitalar e a hospitalização domiciliar.

A sra. Ishiyama considerava que, dada a gravidade do caso, o melhor seria internar Kathy em um hospital, até que recuperasse um peso aceitável. O sangue do sr. Ishiyama gelava só de pensar que sua pequena Kathy passaria uma estadia em um lugar em que correria o risco inevitável de infecções nosocomiais, que no último ano provocaram mais de mil mortes no Japão. Pensava que uma hospitalização em domicílio permitiria oferecer a Kathy uma atenção muito mais personalizada, sem ruptura do ecossistema familiar.

No dia seguinte, chegaram uns enfermeiros com uma mala cheia de tubos, válvulas, filtros e motores. Num instante, montaram uma máquina de comer, *made in Korea*. Antes de se retirar, explicaram como era preciso fazer para ligar Kathy (29,70 kg).

Três vezes por dia, o sr. e a sra. Ishiyama vertiam no tanque da máquina de comer uns pós hipercaloríficos e hipernutritivos, com uma xícara de água, que ia diretamente ao estômago de Kathy (28,20 kg), através de uma sonda nasal. Uma enfermeira vinha uma vez por dia para controlar o peso, a pressão arterial e a temperatura. Kathy (27,10 kg) não parava de escrever e destruir o que escrevia.

Ela já não pensava na frase. Era a frase que pensava nela. Não lhe dava um só instante de trégua. Não a deixava dormir. Nem sequer chorar. As palavras davam voltas ao redor de sua cabeça, como borboletas, traças, vespas.

Era terrível!

O tempo todo sentia que algo a perfurava, como um alfinete, por dentro e por fora. Ou melhor, em um lugar que não era nem dentro nem fora, mas a pele que os separa e confunde. Mas não eram alfinetes e sim farpas minúsculas: os ossos do real. Kathy queria arrancá-los escrevendo sua frase. Mas não podia. Para extrair um desses ossos, era preciso não o corpo magro de uma garota japonesa sem apetite, ligada dia e noite a uma máquina de comer, mas o corpo de um camponês normando guloso e roliço.

Embora Kathy respeitasse estritamente o protocolo alimentar, seu corpo continuava evaporando inelutavelmente. Ao vê-la em tal estado, a enfermeira mandou chamar um médico e o médico mandou chamar uma ambulância. Era necessária uma internação em hospital. Imediatamente. Agora mesmo. Sem demora.

Antes de ser desligada, Kathy Ishiyama escreveu uma frase, sua frase, a frase mais bela que já tinha sido escrita até o momento no mundo flutuante: "Uma camélia cai e desanca um moscardo". E a apagou na ambulância, quando, exausta pelo translado, seu corpo consumiu as escassas reservas de açúcar que lhe restavam. Pesava vinte quilos, curiosamente o peso de uma camélia multiplicado por cem.

As damas das focas

Na única fotografia que se conservou até nossos dias, é possível ver a praça Komsomolskaya, de Moscou, nevada e deserta, numa tarde de fevereiro, ao anoitecer. No meio da praça, há um sobretudo. Do sobretudo, saem quatro braços, quatro pernas, duas cabeças. Não é um monstro. Nem um anjo negro sobre a neve. São Irina e Marina Konstantinovna Pirogov, de volta à capital, após alguns anos de deportação no mar de Barents.

Poderiam ter sido duas belas gêmeas. Mas como o pai era um ucraniano de quase dois metros de altura e a mãe uma caucasiana pequena, para não dizer anã, o útero se mostrou pequeno demais para albergar ao mesmo tempo duas crianças que, para piorar, herdaram a corpulência do pai. A tal ponto que, em determinado momento do desenvolvimento fetal, talvez no segundo ou no terceiro mês, a pélvis delas grudou uma na outra. E não desgrudou nunca mais.

Dois é Um.

Nasceram siamesas pigópagas, compartindo as mesmas nádegas e os mesmos orifícios de excreção e reprodução. Por sorte, as duas crianças pertenciam ao mesmo sexo. Quantas tribulações teriam se acrescido a essas duas existências se tivessem sido, além de siamesas, siamesas hermafroditas? Porém: olhos cor lápis-lazúli.

Tiveram sorte. Em outra época, teriam sido expostas em um circo, enjauladas como uma curiosidade, diante de uma multidão grosseira, ao lado de uma pantera com ciática, incapaz de levantar e passear pela jaula. Em outro país, teriam terminado seus dias em um vidro de formol, na vitrine de algum museu de ciências naturais, como um erro da Natureza, entre um menino ciclope e outro com lábio leporino. Tiveram muita sorte, digo. Porque nasceram no melhor lugar e na melhor época para elas. Quero dizer: em Kiev. Quero dizer: no meio de uma revolução. Nem antes nem depois. Quando os fermentos ainda não tinham perdido a efervescência.

O Estado as considerou pelo que eram, nem mais nem menos: duas meninas abandonadas por uns camponeses espantados, com umbigos diferentes, unidas pela região glútea. E uma vez terminada a lactação, as enviaram para Moscou, para o Orfanato Central, junto com outras centenas de órfãos, para que recebessem uma educação estatal, segundo as diretivas do último plano quinquenal.

No orfanato, Marina e Irina conquistaram o carinho de todo mundo, sem exceção. Eram encantadoras. Quem poderia negar? Encantadoras tinham sido ao aprender a caminhar com quatro pernas, sem perder o equilíbrio, combinando um passo ganho por Irina com um passo perdido por Marina. Ou vice-versa. Encantadoras foram quando aprenderam a urinar e defecar em um mesmo penico, sincronizando fechamento e abertura. Encantadoras continuaram sendo no primeiro dia de aula, quando se sentaram na carteira giratória, especialmente fabricada para elas pelos ebanistas do Estado, uma olhando para frente e outra para trás, ou vice-versa, como um Jano bifronte, de volta à infância.

Foram alunas excepcionais. Não era de se estranhar. Viam com quatro olhos, ouviam com quatro ouvidos, tocavam com quatro mãos. Da associação glútea desses corpos não resultava a mera soma das partes, mas a multiplicação das faculdades. As siamesas percebiam, pensavam, imaginavam, lembravam e desejavam ao quadrado. Tudo lhes interessava: letras, artes, ciências, esportes. Em virtude do novo plano educacional, ambas tiveram que aprender a dirigir um trator, ordenhar uma vaca, fazer uma colheita de beterrabas.

E enquanto o restante das garotas soviéticas alimentava salmões em um criadouro do mar Báltico, trabalhava como operárias numa fábrica têxtil de Minsk ou datilografava cartas em um escritório de Leningrado, as siamesas prestaram o exame de ingresso do Instituto Físico-Químico-Geológico de Moscou. Irina foi aprovada, Marina reprovada.

Um é Dois.

Irina Konstantinovna Pirogov fez uma carreira brilhante. Não se conformou, como os outros alunos, em assistir às aulas, assimilar conhecimentos e prestar exames. Assim como os cientistas mais geniais, durante seus estudos, não somente aprendeu mas também inventou, pesquisou e descobriu. Inventou uma balança de torção capaz de medir até dez milionésimos de grama. Investigou as propriedades térmicas do rubídio, do telúrio e do cádmio. E enquanto estudava as propriedades eletromagnéticas do germânio, descobriu acidentalmente um elemento, previsto pela tabela de Mendeleiev, mas até então desconhecido, que batizou com o nome de marinita. Irina era uma pessoa extremamente generosa, que sempre pensava primeiro na irmã.

A marinita é uma substância radioativa que se encontra no córtex terrestre, em particular em certas regiões dos Urais, até uma profundidade de cem metros, nas mesmas proporções que o estrôncio, e que pode substituir em muitas aplicações certos isótopos de urânio, cuja obtenção por procedimentos industriais, como se sabe, é não apenas perigosa como também cara.

Essa descoberta lhe valeu o prêmio da Academia de Ciências de Moscou, pela primeira vez concedido a uma mulher. Durante a entrega, o professor Serguei Alexandrovitch Krilov pronunciou um discurso celebrando o gênio de sua discípula. Quando estava prestes a prender a medalha na lapela de Irina, a polícia irrompeu com uma ordem de prisão. Sem dar muitas explicações, a polícia algemou as siamesas e as levou para a delegacia.

Enquanto Irina se dedicava dia e noite ao progresso da ciência, Marina perdia o sono pelas suas costas, em nome do progresso das artes. Já escrevera várias obras que ganharam a admiração de um público seleto, entre elas, *O menino microencefálico*, *As albinas* e *A mulher barbada*. O grande Nikolai Davidytch dissera: "As peças de Marina Konstantinovna se tornaram tão indispensáveis para nosso teatro quanto a vitamina D para uma boa calcificação dos dentes".

A mulher barbada acabara de estrear no Teatro Artístico de Moscou, com uma encenação do próprio Nikolai Davidytch. A peça tinha sido um rotundo fracasso. Em quatro semanas de apresentação, apenas quinze espectadores, no máximo, tinham comparecido. Para piorar, entre esses quinze espectadores se encontrava um funcionário do Ministério da Saúde Pública, que vira a peça com muito maus olhos. No quarto ato, para poder conciliar o sono, a heroína ingeria alguns comprimidos de talidomida. Essa droga acabara de ser retirada das farmácias, quando milhares de grávidas, que haviam consumido esse medicamento durante a gestação por suas virtudes sedativas, trouxeram ao mundo crianças sem pés nem mãos. O pior de tudo é que Marina já havia sido admoestada por suas peças de teatro anteriores, que também divulgavam medicamentos proibidos, entre eles, a tetraciclina, o cloranfenicol e os antidiabéticos orais. O Ministério da Saúde Pública suspeitava que Marina Konstantinovna Pirogov havia sido contratada pelos laboratórios, a fim de colocar a arte dramática a serviço da indústria farmacêutica.

Irina se apressou a esclarecer à polícia que ela não era a autora de *A mulher barbada*, mas de vários artigos sobre a marinita, que a partir desse momento, estava decidido, se chamaria irinita. Não a ouviram. Da delegacia a transladaram para a prisão. Nos tribunais, abriu-se um vivo debate.

Depois de expor as acusações contra Marina, o promotor Eugueni Dolgopolov propôs desgrudar as siamesas, cerrando seus glúteos, para castigar a parte que merecia castigo e recompensar a parte que merecia recompensa. Mas essa pena, lembrou Andrei Dubojinsky, o advogado de defesa, teria um indesejado efeito colateral. Dado o estado da medicina naquela época, uma separação cirúrgica teria ínfima chance de sucesso: uma chance em um milhão. Não era mil vezes mais injusto condenar uma inocente como Irina do que deixar em liberdade uma culpada como Marina? A melhor solução era, com toda certeza, indultar Marina. Suas peças de teatro divulgavam medicamentos proibidos, disso ninguém duvidava. Mas daí a considerá-las como uma propaganda financiada por laboratórios inescrupulosos era uma vil calúnia, sem fundamentos, dos inimigos da arte. Eugueni Dolgopolov replicou que todos estavam ali reunidos não para se extraviar em discussões de pretenso voo estético, mas para castigar um delito. Uma maçã podre estraga primeiro todas as maçãs que a rodeiam e depois a árvore que a nutre e a abriga, se não é arrancada do galho a tempo. A proximidade de um corpo inocente de modo algum pode apagar a culpabilidade de um corpo culpado. O contrário não é tão certo. É possível ser culpado por mera contiguidade com o crime.

Dois é Um.

O juiz decidiu castigar as duas irmãs, condenando-as a trinta anos de trabalhos forçados na península de Kola, à beira do mar de Barents. Vinte anos por culpa de Marina, acusada de divulgar moléculas que punham em grave risco a saúde da população. Dez anos por culpa de Irina, acusada de cumplicidade. Ela deveria ter denunciado Marina desde o início, quando esse áspide pequeno-burguês começara a segregar o veneno pelos caninos de sua pluma.

No campo de trabalhos forçados, as siamesas foram obrigadas a tirar o couro de focas. O clima era atroz. No outono, sopravam uns ventos de mais de cem quilômetros por hora. No inverno, fazia quarenta graus abaixo de zero. Na primavera, com o degelo, o lugar se transformava em um pântano. No verão, com tanta água parada, em um criadouro de mosquitos.

E isso não era o pior.

Depois do ocorrido, Irina odiava com todas as suas forças Marina, que destruíra sua carreira científica. Não podia nem vê-la. Abominava seu cheiro e sua voz. Teria preferido ser serrada e morrer a continuar vivendo aquela vida, ao lado de uma idiota daquelas, colada pela pélvis. Tudo tinha sido culpa dela! Se em vez de escrever aquelas peças de teatro de dois copeques ela tivesse cortado as mãos, lançando-as no rio Moscova, não estariam onde estavam, fazendo o que faziam, sofrendo o que sofriam.

Marina não sabia o que fazer para ganhar o perdão da irmã. Tentou o possível e o impossível. Toda manhã, dava a ela sua ração de pão duro e chá gelado. Toda tarde, no esfoladouro, deixava que ela se sentasse ao lado do fogo, para que seus dedos e seu rosto não congelassem. Toda noite, oferecia-lhe um gole de seu cantil de vodca, álcool que custava naquelas latitudes tão caro quanto algumas gotas de água pesada, formada com isótopos de deutério. Esses esforços foram inúteis. Irina era osso duro de roer. Quanto mais Marina se obstinava em ganhar sua simpatia, mais Irina se afundava no pântano do rancor.

Irina praticamente parou de falar com ela. Ou quando lhe dirigia a palavra era para lhe dizer que tinha uma vontade irrefreável de abrir um rasgo no abdômen, a poucos centímetros da virilha, para criar um ânus ilíaco. Nada lhe resultava tão insuportável quanto compartilhar com sua irmã um mesmo orifício de defecação. Marina chorava desconsoladamente, secando as lágrimas com um lenço que cheirava a foca. E bebia vodca, até adormecer.

Um é Dois.

Apesar da condenação, Marina continuou escrevendo. Pensava que se o teatro as conduzira à ruína, da ruína também podia resgatá-las. Se escrevesse uma peça que emendasse os erros cometidos por suas peças anteriores, as autoridades sanitárias talvez reduzissem a pena.

Foi bastante difícil ter uma boa provisão de papel e de tinta. Dada a escassez desses materiais, teve que se contentar com um lápis e alguns couros de foca que conseguiu roubar do esfoladouro. Mas muito mais difícil foi suportar Irina, que, para lhe impedir de escrever, ingeria uma colherinha de água de Seidlitz, que roubara da enfermaria. Quando Marina estava concentrada em sua peça de teatro, tinha espasmos abdominais. Ia até a latrina e tomava uma pastilha de carvão. Como Irina ingeria de novo sua colherinha de água de Seidlitz, pouco tempo depois era preciso evacuar de novo.

Era quase impossível levar adiante um trabalho artístico nessas condições digestivas. Se já é muito difícil conviver com outra pessoa compartilhando o mesmo teto, o mesmo quarto ou a mesma cama, torna-se diabolicamente mais difícil conviver compartilhando órgãos, sobretudo quando se trata de vísceras do sistema digestivo.

Esse transtorno não dividia as forças de Marina por dois, mas a submetia a uma potência negativa: a raiz quadrada da arte dramática. Mas Marina, que também era osso duro de roer, não se deu por vencida. No meio dessas tribulações, escreveu um belo monólogo intitulado: *Os danos que produzem os anticoagulantes orais no feto de três meses.* E o enviou a Nikolai Davidytch.

Com a primavera, não só chegaram os pássaros de latitudes meridionais mas também uma carta de Moscou. Nikolai Davidytch, que lera os couros de foca com muito interesse, enviara uma versão datilografada ao Ministério da Saúde Pública. Reconhecendo seu valor profilático, o ministério concedera uma anistia a Marina e Irina, para que pudessem desenvolver uma carreira artística que albergasse as melhores promessas.

As siamesas voltaram a Moscou, com uma mala com o fundo rasgado e um vestido de foca puído. Nikolai Davidytch foi buscá-las na estação para lhes dar as boas-vindas, tirando a única fotografia conservada até nossos dias. Na foto, podemos ver a praça Komsomolskaya, florida e concorrida, numa manhã de setembro, sob uma luz terrivelmente branca. No meio da praça, há um pano. Do pano, saem quatro braços, quatro pernas, duas cabeças. Não é um monstro. Nem uma pele de anjo flutuando sobre um tanque. São Irina e Marina Konstantinovna Pirogov, de volta à capital, após intermináveis meses de deportação no mar de Barents.

Nikolai Davidytch as conduziu de táxi até a Casa da União de Escritores, onde os aguardava uma surpresa. Após pronunciar um discurso em que celebrava o talento de Marina, o presidente da instituição anunciou a notícia. Para compensar os transtornos ocasionados durante a deportação, o Estado lhes outorgara um posto vitalício de camareira no transiberiano.

Vestidas impecavelmente com o uniforme azul da companhia ferroviária soviética, especialmente adaptado a suas particularidades anatômicas, as damas das focas ofereciam aos passageiros bebidas e comida no vagão-restaurante. Irina servia chá e café. Marina servia bolinhos.

Nem é preciso dizer que as siamesas se transformaram rapidamente no espetáculo do trem, única distração possível contra a monotonia da paisagem siberiana. Muitos passageiros se davam ao trabalho de ir até o vagão-restaurante só para vê-las vender, atrás do balcão, glúteo contra glúteo, por quatro copeques, uma xícara de chá. Ou um bolinho.

Parada em Nijni Novgorod.

Como eram funcionárias, tinham muito tempo livre. O que fazer? Não sabiam. Não gostavam de conversar com seus colegas de trabalho nem com os passageiros. Jogar cartas, escutar rádio, tirar fotos, as entediava. Para espantar o fantasma do alcoolismo que pesava sobre suas cabeças, e em particular sobre Marina, era preciso encontrar alguma ocupação. Mas qual?

Entusiasmadas pela recepção de *Os danos que produzem os anticoagulantes orais no feto de três meses*, as damas das focas decidiram escrever com uma mesma mão, movida por dois cérebros, uma mesma peça de teatro. Sem tempo a perder, Irina propôs o título: *Toxoplasmose 391*.

Parada em Ekaterimburgo.

Para potencializar ao máximo suas faculdades, elas se revezavam. Uma escrevia de dia, a outra escrevia de noite. Uma escrevia regularmente três horas diárias, a outra intermitentemente quando vinha a inspiração. Uma avançava sem saber muito bem para onde ia, a outra voltava sobre o que tinham escrito e corrigia. Uma se abandonava ao demônio da concisão, a outra, ao da proliferação.

Enquanto uma se ocupava do nó, a outra preparava o desenlace. Uma se encarregava da unidade temporal, enquanto a outra vigiava a unidade de lugar. Uma queria dar à peça um tom trágico, a outra um tom cômico. Uma procurava incansavelmente o belo, a outra pateticamente o sublime: uma árvore desfolhada cujos galhos tortuosos se elevam ao céu.

Parada em Novosibirsk.

Como era de se esperar, não demoraram a aparecer as primeiras divergências.

Marina acreditava nas ideias inatas, Irina nas ideias adquiridas. Para Marina a arte era aquela que agrada sem conceito; para Irina, a manifestação sensível da Ideia. Irina teimava em ser uma dessas dramaturgas que escrevem duas ou três peças por temporada, para se tornarem célebres e ricas o mais rápido possível. Marina pretendia ser uma dessas damas de teatro que morrem tuberculosas em um sótão imundo, deixando para a posteridade uma obra genial, obviamente inacabada, escrita, corrigida, destruída, durante trinta anos.

As coisas, como era natural, foram de mal a pior.

Marina considerava que Irina tinha o monopólio das ideias ruins, Irina pensava que as boas ideias ocorriam apenas a ela. O que expressava uma, amordaçava a outra. O que uma escrevia, a outra riscava. Do mero desacordo que pode existir entre irmãs, passaram sem perceber aos xingamentos e pancadas.

A Rússia nunca foi nem Oriente nem Ocidente e nunca deveria ser nem ocidental nem oriental, só um ponto de confusão e vertigem: o ponto em que o Oriente se torna Ocidente e o Ocidente, Oriente. Oriente e Ocidente, cobertos de neve.

Parada em Irkutsk.

Nunca conseguiram terminar *Toxoplasmose 391*, por causa do nascimento de Nikita, de sete meses, mas perfeitamente formado, de pai desconhecido. Sobre a identidade do pai, as siamesas guardaram um silêncio mais do que sepulcral.

Disseram que o genitor havia sido um dos maquinistas, que uma noite, durante sua hora de descanso, as convidara a seu compartimento. Ou um temível dom-juan da estepe, que teria se aproveitado dos vinte minutos de parada em Novosibirsk para engravidá-las. Ou um dos membros do trigésimo batalhão de infantaria, que todos os meses viajava de Moscou a Vladivostok e que, em estado avançado de ebriedade, teria abusado das siamesas na escuridão de um dos intermináveis corredores do trem.

Nenhum desses rumores pôde ser confirmado. De todo modo, seja qual fosse a identidade do pai, o problema continuava o mesmo: copulando com um só sexo é possível copular com duas mulheres? E fundamentalmente: quem era a mãe da criança? Tratava-se de um caso de dupla maternidade? Será que uma das siamesas fora mais mãe do que a outra? Será que a noção de maternidade aceita essa divisão?

Não havia tempo a perder com perguntas desse tipo. Era necessário trabalhar e se ocupar do menino, amamentando-o, fazendo-o arrotar, cantando para ele canções de ninar. As siamesas dedicaram todo o tempo livre a Nikita. Eram mães exemplares, com quatro mãos, quatro olhos e quatro peitos.

Infelizmente, Nikita veio com um problema de fábrica. Quando as siamesas o notaram, já era tarde demais para devolvê-lo ou exigir uma mudança. Em vez de crescer para fora, Nikita crescia para dentro. Em vez de aumentar de tamanho e de peso, Nikita encolhia. Todo dia perdia vários centímetros e vários gramas. As siamesas deram à luz um menino em perpétua diminuição.

No início, pensaram que se tratava simplesmente de um seio falho. Irina acusou rancorosamente Marina, e Marina, não menos rancorosamente, Irina. Para dissipar essa atmosfera de discórdia, decidiram alimentar Nikita com uma mamadeira, que preparavam na cozinha do vagão-restaurante.

O mais complicado era respeitar as condições de higiene mínimas a bordo do trem. Para isso, esterilizavam cuidadosamente todos os utensílios, fervendo-os n'água. Como o transiberiano não tinha geladeira para conservar o leite de vaca, não houve outro remédio senão recorrer ao leite em pó, enriquecido com ácidos graxos, ferro, cálcio, vitaminas A e E, para estimular o crescimento. Nikita bebia a mamadeira seis vezes por dia.

Mas Nikita continuava encolhendo. Quando chegou a medir três centímetros, o berço onde o haviam acomodado ficou grande demais. O menino ficou exposto aos piores acidentes. Extraviava-se entre as dobras dos lençóis. Sufocava sob o peso descomunal dos cobertores. Um dia, durante uma parada, um pássaro entrou pela janela e por pouco não o come, confundindo-o com uma minhoca.

Para não perdê-lo de vista, elas o acomodaram numa xícara. Nikita, fração humana cada vez mais fracionada, continuava encolhendo. Tiveram que substituir a mamadeira por um conta-gotas. Para vê-lo, tiveram que pintá-lo com esmalte de unhas vermelho. Pouco tempo depois, para saber onde estava, foi necessária uma lupa.

Como era arriscado demais deixá-lo solto, acabaram guardando-o numa caixa de fósforo, entre algodões. Nikita chegou a medir um milímetro.

Um dia, desapareceu sem deixar rastro. As siamesas examinaram o camarote, até nos ângulos mais recônditos, sem encontrá-lo. Varreram o vagão inteiro, mas foi inútil. Buscaram-no por todo o trem, mas também foi em vão. Nikita não estava em lugar nenhum. Será que tinha ido embora, sem que percebessem, pelo buraco do lavabo da cozinha do vagão-restaurante? Sem se dar conta, será que o tinham jogado no lixo? Talvez uma corrente de ar o tivesse levado, arrastando-o para longe, muito longe? Estaria flutuando, agora, entre nuvens? Será que ele choveria, misturado com a água da neve, sobre Vladivostok?

– Nikita! Nikita!

O homem dos miolos

No dia 13 de dezembro, as efemérides patagônicas celebram a Festa do Petróleo.

Naquele dia, como muitos recordarão, já faz muitos anos, um cachorro que errava pelas ruas de Comodoro Rivadavia, ao cavar uma fossa para enterrar um osso, descobriu uma baba preta e espessa que saía das entranhas da terra, repugnantemente, aos borbotões, que não era excremento do diabo, mas hidrocarbonetos parafínicos. É lamentável que quase ninguém saiba que, naquele mesmo dia, a poucos metros desse primeiro poço petroleiro, também nasceu Evaristo Robustiniano Torres, o romancista mais brilhante do território nacional de então. Se o petróleo aportou a Comodoro Rivadavia riqueza material, os romances de Evaristo Robustiniano Torres lhe deram riqueza espiritual. Ainda hoje, enquanto os pais trabalham como engenheiro ou secretária bilíngue com experiência numa refinaria de petróleo, nas escolas patagônicas os filhos aprendem as primeiras letras com os romances dele.

Evaristo Robustiniano Torres teve a genialidade de inventar Victricius, que era para o conde Drácula o que o nhandu é para a avestruz e o que o puma é para o tigre: uma espécie sul-americana menor e menos agressiva do que o vampiro. Os romances de Evaristo Robustiniano Torres contavam aventuras sanguíneas, mais do que sangrentas, em perfeita consonância com os avanços da hematologia.

Em 1628, William Harvey descobriu os movimentos do coração e a circulação do sangue nos animais. Em 1882, Metchnikof compreendeu a importância do leucócito na defesa do organismo. Com o nascimento de Victricius, a ficção se adiantou à ciência. Evaristo Robustiniano Torres inventou um vampiro cujas papilas gustativas podiam identificar, a partir de uma gota extraída da carótida da vítima, a composição química do sangue. Em menos de um minuto, Victricius podia saber, com uma margem mínima de erro, aquilo que a ciência ainda não era capaz de conhecer: a quantidade de glóbulos vermelhos, brancos, plaquetas, ureia, prótidos, glicose, cloro, sódio, ferro, cálcio, fósforo, fibrina e lipídios. Sobretudo lipídios.

Naquela época, a Argentina era um país de vacas gordas, com homens gordos e mulheres gordas, que bamboleavam suas carnes pelos dois milhões de metros quadrados de superfície, ocupando aquelas solidões com seu excesso de peso e de volume. Os argentinos comiam uma média diária de mil e quinhentos gramas de carne bovina, acompanhada por uma salada esquálida. As carnes vermelhas, ricas em proteínas, contêm, no entanto, lipídios que aderem às artérias, produzindo doenças coronárias e cerebrovasculares. Não era de se estranhar que a causa principal de mortalidade fossem os infartos e os derrames cerebrais, causados por essa dieta alta em gorduras saturadas.

Desse problema de saúde pública, Evaristo soube fazer uma fonte de inspiração. Victricius era um vampiro que só chupava o sangue de indivíduos com problemas de sobrepeso. Se a taxa de colesterol presente no sangue fosse inferior a dois mil miligramas por litro, Victricius abandonava imediatamente a presa. Se era superior, à dentada de inspeção seguia-se uma de purificação, cujo objetivo era não só alimentício, mas também terapêutico.

A dentada do vampiro clássico é indiferente, movida pelo mal, e só busca esvaziar a vítima de seus fluidos vitais, a fim de transformá-la em vampiro. A dentada de Victricius era altamente seletiva, movida pelo soberano bem da saúde, e só sugava lipídios e nada além de lipídios. Ao acordar, a vítima se sentia leve, como se, em vez de ter comido um quilo e meio de churrasco com miúdos, tivesse ingerido duzentos e cinquenta gramas de arroz fervido.

Victricius era um vampiro do Novo Mundo, cheio de bondade e jeito com as pessoas. Não como os vampiros do Velho Continente, movidos pela destruição. Muitas vezes, ao encontrar apenas vítimas subnutridos, teve que se conformar em chupar o sangue de alguma ovelha. Preferia seu próprio desfalecimento a provocar o desfalecimento do próximo por absorção sanguínea. Eis a revolução lançada por Evaristo Robustiniano Torres: considerar Victricius não do ponto de vista dos romances de terror, mas da hematologia. Os vampiros não eram mais os embaixadores do mal, mas cavalheiros da ciência, a serviço do progresso.

Esse triunfo o levou a escrever um segundo e depois um terceiro e um quarto e um quinto romance de folhetim. Os episódios brotavam de sua pena como o petróleo do solo patagônico, deixando manchas de tinta nas margens e sobre a mesa. Enquanto a obra de Evaristo Robustiniano Torres crescia, também se expandiam, no mesmo ritmo, as refinarias de petróleo patagônico. Pouco tempo depois, já tinha uma saga de cinquenta romances, com os diferentes momentos da vida de Victricius, da primeira infância até sua feliz velhice, rodeado pelo afeto de seus filhos, netos e bisnetos vampiros, domiciliado nos altos cumes andinos.

Sua fama transcendeu as fronteiras patagônicas. Evaristo Robustiniano Torres viajava muito frequentemente à capital, para dar conferências, ir a coquetéis, falar no rádio. Não podia andar pelas ruas sem ser reconhecido por algum leitor, que lhe dizia: "Aposto que em seu próximo romance Victricius tentará fazer baixar a taxa de colesterol dessa pobre mulher que pesa mais de cento e vinte quilos e não consegue parar de comer embutidos...". Evaristo Robustiniano Torres respondia: "Veremos, veremos".

Com todo o dinheiro que ganhou, construiu para si uma casa de campo patagônica, à beira de um despenhadeiro, com vista da janela do quarto para uma refinaria de petróleo. Suas histórias de vampiros se gestavam nas caminhadas que dava pela beira da praia, entre o mar e o deserto, olhando uma das chaminés que deixavam escapar na atmosfera gases tóxicos e chamas verdes e azuis.

Aqui começou a escrever os primeiros episódios de seu quinquagésimo primeiro romance, sua obra-prima sem dúvida nenhuma, intitulada *O mal de Wöhler*. Na idade de setenta e cinco anos, por culpa de uma degeneração do sistema nervoso que advém com a velhice, descrita na mesma época pela primeira vez por Friedrich Wöhler, as papilas gustativas de Victricius perdem sensibilidade e nosso amável vampiro começa a cometer erros grosseiros de análise. Victricius absorve de maneira indistinta os lipídios de qualquer indivíduo ao alcance de seus caninos. Nos indivíduos com uma taxa de colesterol elevada, a dentada não apresenta problema algum. No entanto, nos indivíduos com uma taxa de colesterol normal ou baixa, a mordida é fatal.

O colesterol é uma substância indispensável para a vida. O organismo a utiliza para segregar bile, hormônios e vitamina D. E não só isso. Esse esterol, que se apresenta sob a forma de cristais brancos nacarados, é um componente essencial para as membranas celulares, sobretudo para os neurônios. Em indivíduos fracos, a queda abrupta da taxa de colesterol pode gerar a morte: uma morte hipolipídica.

A mordida que outrora era tão benigna é agora uma dentada letal. Sem saber e sem querer, Victricius se transforma em um assassino, com um saldo de quinze vítimas. A polícia não sabe o que fazer. Nunca teve um caso parecido. Os cadáveres têm uma marca no pescoço. Mas os médicos legistas que realizam as autópsias não conseguem encontrar a causa do falecimento.

E Victricius está a ponto de fincar o dente no pescoço de uma bela garota subnutrida, com uma taxa horripilantemente baixa de colesterol, submersa em um sono profundo. Como é uma noite de verão com lua cheia, a garota deixou as janelas do quarto totalmente abertas. É inútil dizer que a absorção dos lipídios provocará uma verdadeira hecatombe hematológica. E Victricius não sabe disso. O que apresenta um espinhoso problema: alguém é culpado de uma morte que não premeditou? Os leitores estavam inquietos e acompanhavam a publicação de cada episódio com os nervos à flor da pele.

Foi então que aconteceu o acidente.

Evaristo Robustiniano Torres estava saindo de um coquetel. Ao atravessar um sinal amarelo, a toda velocidade, com seu automóvel conversível (é preciso admitir: com alguns miligramas de uísque na corrente sanguínea), outro motorista que vinha da rua perpendicular, com um automóvel também conversível, atravessou a mesma avenida, também a toda velocidade, com o sinal vermelho. O choque foi inevitável. O outro motorista morreu no ato. Evaristo Robustiniano Torres passou pelo para-brisa e acabou estatelado no asfalto, com os braços abertos e uma auréola de líquido encefálico em volta do crânio, afundado inquietantemente na região occipital. Poderia ter sido pior. Sempre pode ser pior. Por sorte, a ambulância chegou a tempo. Os enfermeiros recolheram os restos de matéria cinzenta e branca que encontraram na rua, guardando-a numa proveta esterilizada, e o levaram para o hospital mais próximo. Graças a esses primeiros socorros, Evaristo Robustiniano Torres não morreu. Mas ficou em coma. A notícia comoveu a opinião pública. Seus leitores não deixaram de lhe enviar flores e cartas que Evaristo Robustiniano Torres não podia nem cheirar nem ler.

Ele demorou quinze anos para voltar a si. Como era de se esperar, acordou amnésico e paralítico, perfurado por agulhas e ligado a um tubo de oxigênio. Durante todos esses anos, seus leitores não o esqueceram. Haviam fundado uma associação, o Círculo de Amigos dos Romances de Vampiros, que se encarregava de difundir a obra de nosso romancista. Inclusive criaram um prêmio, o prêmio Evaristo Robustiniano Torres, concedido todos os anos a um romance, de não mais de cento e cinquenta páginas datilografadas com espaço duplo, que imaginasse o final de *O mal de Wöhler*, que por uma das voltas do destino ficara inconcluso.

Quando Evaristo Robustiniano Torres recuperou a consciência, fizeram todo o possível para seu restabelecimento. Graças à tenacidade de alguns que iam visitá-lo todos os dias, Evaristo Robustiniano Torres conseguiu sair da amnésia. O milagre ocorreu um dia quando se lembrou do momento em que escreveu a primeira frase de seu primeiro livro. Evidentemente, só uma lembrança não constitui em si uma vida. Para poder reconstruir uma vida, são necessárias pelo menos três lembranças, quer dizer, três pontos que nos permitam traçar um plano. Mas é melhor do que nada. Com esse passado anêmico, reduzido a uma lembrança só, ao menos era possível traçar uma reta e atravessar o precipício: Evaristo Robustiniano Torres podia se considerar a mesma pessoa antes e depois do acidente. O que mais pedir? E graças aos exercícios de reeducação e à sua vontade de ferro, foi possível recuperar, uma por uma, as funções perdidas: a locomoção, o equilíbrio, o reconhecimento dos objetos, inclusive o apetite sexual.

Aqueles dias, como muitos recordarão, foram dias de grande alvoroço. Quando Evaristo Robustiniano Torres recuperava uma função, seus leitores corriam pelas ruas, lançando gritos de júbilo: "Evaristo Robustiniano Torres hoje conseguiu, depois de quinze anos de prostração e paralisia, andar de novo. É o corpo da literatura que anda novamente", diziam. E diziam mais: "Evaristo Robustiniano Torres voltou a espirrar. É o corpo da literatura que volta a espirrar". Inclusive uma vez, quando o surpreenderam se apalpando de manhã, excitado pela ereção matinal, as enfermeiras do setor disseram: "Evaristo Robustiniano Torres voltou a se masturbar. É o corpo da literatura que volta a se masturbar".

Mas a linguagem não aparecia. Esperaram meses e meses por uma repentina recuperação. Evaristo Robustiniano Torres já quase podia levar uma vida normal. Mas a faculdade da linguagem não aparecia. Por mais que fizesse mil e um exercícios de reeducação, estava mudo como uma pedra. E não só isso. Como costuma acontecer nesses casos, ficara ágrafo. Evaristo Robustiniano Torres só podia se comunicar por meio de mímica.

Os médicos se deram conta de que, no dia do acidente, ao recolher a matéria encefálica de Evaristo Robustiniano Torres, esparramada pelo pavimento, os funcionários da ambulância esqueceram em algum lugar um pedaço da área de Broca. Não era a primeira vez. Na falta da área de Broca, era impossível recuperar a faculdade da linguagem e muito menos a da escrita. Provavelmente Evaristo Robustiniano Torres nunca mais voltaria nem a falar nem a escrever. Essa frase soou para os leitores (e inclusive para os médicos e enfermeiras) como uma chicotada no tímpano.

Evaristo Robustiniano Torres era muito consciente do drama. Embora não pudesse falar, podia pensar. Fato que demonstra que o pensamento é uma atividade independente da linguagem. Fato que deveria refutar de uma vez por todas a absurda teoria que considera que o pensamento é uma linguagem interiorizada. Pensava que sem a literatura, que é a arte suprema do sentido, a vida não tinha nenhum sentido. Por isso mesmo, Evaristo Robustiniano Torres se entristeceu. Os membros mais vulneráveis do Círculo também se entristeceram. Sem os escritos de Evaristo Robustiniano Torres, a vida também não tinha sentido. Evaristo tentou se suicidar, ingerindo um tubo de barbitúricos. Os membros mais vulneráveis do Círculo também tentaram se suicidar, ingerindo um tubo de barbitúricos. Eram os gloriosos anos sessenta, quando a moda era se suicidar ingerindo barbitúricos e era muito fácil comprar nas farmácias, sem receita, um tubo de veronal. Mas Evaristo Robustiniano Torres não morreu: a dose ingerida foi insuficiente. Não foi o caso dos membros mais vulneráveis do Círculo, que sucumbiram todos, sem exceção, infelizmente, como moscas. Infelizmente porque, pouco tempo depois, o médico encarregado de Evaristo Robustiniano Torres encontrou uma solução.

Num laboratório da Universidade de La Plata, o dr. Carlos Ameghino Fonseca, um brilhante pesquisador argentino, acabara de transplantar com sucesso um cérebro de rato. Era uma novidade mundial: tratava-se do primeiro transplante de cérebro da história. A pesquisa já estava na etapa de experimentação com humanos. O dr. Carlos Ameghino Fonseca publicou um anúncio dizendo que precisava de voluntários. Ao ler o anúncio, o médico que cuidava de Evaristo Robustiniano Torres disse a si mesmo: "E se fizéssemos um transplante em Torres, não de um cérebro inteiro, pois dado o estado incerto da ciência argentina seria muito arriscado, mas de um quarto de cérebro, mais exatamente, de uma área de Broca, sã, cheinha e bem irrigada, não seria possível que ele voltasse a falar e sobretudo voltasse a escrever?".

Imediatamente, o médico entrou em contato com o pesquisador. E Carlos Ameghino Fonseca aceitou o paciente, muito entusiasmado. Só lhes restava esperar. Os membros do Círculo aproveitaram esse tempo para lançar uma grande campanha de arrecadação de fundos e financiar assim o custo do experimento, que chegava, como podem imaginar, a vários milhões de pesos. Organizaram-se ciclos de leituras dos romances de Evaristo Robustiniano Torres. Lançou-se uma linha de vampiros de pelúcia com as personagens da saga. Todos os membros do Círculo começaram a juntar bilhetes de ônibus pela cidade. A cada dez mil bilhetes, uma associação beneficente dava de presente uma cadeira de rodas - neste caso, completamente inútil, dado que nosso romancista já podia andar - ou o equivalente em moeda nacional. Evaristo Robustiniano Torres também esperava. E esperou durante anos.

O problema era o órgão.

Em si mesmo, já é bastante difícil encontrar um rim, um coração, um fígado. O que dizer de um cérebro? Dá no mesmo qualquer rim, contanto que esse rim elimine convenientemente os dejetos metabólicos. Dá no mesmo qualquer coração, contanto que o coração bombeie sem misturar sangue arterial e sangue venoso. Dá no mesmo qualquer fígado, contanto que esse fígado produza a dose necessária de bile para a absorção das gorduras. O que importa desses órgãos é que estejam frescos, em bom estado, na garantia. Não o tamanho, a cor, o sexo.

No caso do cérebro, a questão é diabolicamente mais complicada. O cérebro humano é o objeto mais complexo concebido pela Natureza, ao longo dessa longa evolução da matéria viva, que vai dos primeiros micróbios aparecidos no magma primordial pela ação de um meteorito de plutônio que se chocou contra o planeta Terra, até o aparecimento dos primeiros vegetais e animais e desse macaco, que um dia, por razões ainda inexplicáveis, começou a andar erguido e a utilizar o polegar e a falar e a escrever e a adoecer.

Nessa noz, mole e úmida como um pudim de pão, encontra-se a mesma quantidade de informação que nas estrelas do universo. Há tantos neurônios nesse órgão que pesa apenas dois mil gramas que, se pegássemos qualquer cérebro humano e puséssemos as células que o compõem, uma atrás da outra, desenrolando seus dendritos, obteríamos um fio que iria da Terra à Lua.

E isso não é tudo.

O cérebro não é um órgão de mera conexão e direção, mas também de conservação e armazenamento de dados. Por essa razão, não dá no mesmo qualquer cérebro. Não dá no mesmo que enxertem um cérebro de príncipe ou de sapateiro.

O mais adequado seria que para um escritor fizessem um transplante de cérebro de escritor. E se já era bastante difícil encontrar um cérebro simplesmente, quanto mais um cérebro de escritor. Os escritores não pensam muito em doar órgãos. Só lhes interessa a fama, o dinheiro, o poder, o sexo, mas nunca os transplantes. Esse era o drama do escritor Evaristo Robustiniano Torres e, consequentemente, o drama da literatura.

Os membros do Círculo fizeram pelo rádio um apelo à solidariedade:

"Precisa-se de um cérebro de escritor, de qualquer sexo, raça e nacionalidade, sem derrames, para Evaristo Robustiniano Torres, que há vinte anos, depois de um acidente automobilístico, não pode falar nem escrever. Solicita-se entrar em contato o mais breve possível pela caixa postal nº 159. Desde já, agradecemos".

O anúncio não recebeu resposta alguma. No entanto, Evaristo Robustiniano Torres não desanimou e continuou esperando. Tanta paciência e abnegação foram recompensadas. Certo tempo depois, recebeu um quarto de cérebro do hemisfério esquerdo. O doador era um açougueiro de cinquenta anos, que morreu tranquilamente enquanto dormia a sesta, um domingo de tarde, por culpa de um infarto. Tinha mão para esquartejar a carne e satisfazer o desejo, por definição sempre insatisfeito, de suas clientes. Talvez não fosse o cérebro ideal. Mas era melhor do que nada. Quer dizer: o mutismo, a agrafia.

A operação durou mais de dez horas. Mais de vinte pessoas trabalharam nela. Caneta. Tesouras. Pinças. Clic! Serrote. Bisturi. Broca. Prrrrr! Tirar o cérebro. Varinha de estanho. Maçarico. Fff! Colocar o cérebro no lugar. Controlar pressão arterial. Um prego. Martelo. Toc! Controlar o ritmo cardíaco. Costurar. Fechar.

Assim que saiu da anestesia, Evaristo Robustiniano Torres começou a balbuciar uns protossons, como os pronunciados pelos bebês, ou como os que pronunciou o homem no dia em que começou a ser homem e começou a falar a língua pré-babélica, que tinha todos os sons e todos os sentidos. Os médicos e os leitores se entusiasmaram. A operação aparentemente tinha sido um sucesso.

Evaristo Robustiniano Torres pronunciou as primeiras palavras depois do acidente, com uma voz rouca. Durante a operação, para fazê-lo respirar, introduziram um tubo que lhe irritara as cordas vocais. Um calafrio ascendente percorreu a coluna vertebral dos membros do Círculo. Esperavam que a própria boca do mestre lhes revelasse o desenlace de *O mal de Wöhler*. Esperavam que a história continuasse. Os leitores sempre esperam que a história continue. A vida lhes parecia verdadeiramente insuportável com essa história truncada. A quem não? Para decepção de todo mundo, as primeiras palavras pronunciadas por Evaristo Robustiniano Torres foram: "Fraldinha". Efetivamente: "Fraldinha". Leram bem: "Fraldinha". Não sabia sequer pronunciar o artigo definido.

Um calafrio descendente percorreu a espinha dos médicos e dos leitores. Todos esperavam que Evaristo Robustiniano Torres lhes dissesse de uma vez por todas o que acontecia com aquela pobre garota subnutrida, com uma taxa de colesterol inquietantemente baixa, que dormia com a janela aberta, enquanto um vampiro senil se aproximava dela e beijava seu pescoço. A jovem acordaria e gritaria? Ou continuaria dormindo como se nada fosse, antes de cair numa lipotimia letal? Victricius se conscientizaria de que se transformara em um instrumento do mal, ele que tanto se preocupara com o bem e o progresso da humanidade? Evaristo Robustiniano Torres sempre dava o mesmo tipo de resposta: "ossobuco", "bucho", "moela".

Os médicos lhe deram alta, dizendo que não se deviam perder as esperanças. A recuperação da linguagem era uma mera questão de tempo: o tempo que o novo quarto de cérebro demoraria em tomar posse do antigo império, nomeando os novos ministros, abrindo novas vias férreas, traçando novas rotas e caminhos, construindo pontes, assinando um tratado de paz com os ossos, mandando mandatários às terras distantes do sistema urinário. Ainda era preciso esperar. Assim Evaristo Robustiniano Torres deixou o hospital.

Na saída, era esperado por um aglomerado de leitores, com câmeras fotográficas, papel e lápis.

- Mestre, pode nos dizer como Victricius vai se virar para reparar o mal causado: até agora, quinze vítimas?

Evaristo Robustiniano Torres respondeu, com aquela voz rouca que saía de sua própria boca como de outra boca, como de uma cloaca:

- Três quilos de filé mignon.

- A moça se salva da morte?

- Bofe.

- Ao menos conseguiu ver o rosto do assassino?

- Tripa.

O pior de tudo era que, por razões desconhecidas, às vezes travava e começava a dizer, durante horas, até a exaustão: "Miolos", "Miolos", "Miolos". Não era capaz sequer de dizer "cérebro".

Os limites do mundo são os limites da linguagem. E o mundo de Evaristo Robustiniano Torres, o escritor com um quarto de cérebro de açougueiro, havia se reduzido drasticamente a um mundo de carne e miúdos. Que desperdício de talento! E de tempo. E de dinheiro. Seria porque, em vez de lhe transplantar um cérebro inteiro, ocorreu a um cientista argentino com cérebro de alfenim transplantar-lhe apenas um quarto? Às vezes o menos arriscado é o que produz os maiores estragos.

Foi um fracasso retumbante da medicina. Não apenas Evaristo Robustiniano Torres não havia recuperado a capacidade de falar como antes. Ele também não conseguia escrever. O transplante de cérebro não havia alterado em nada seu agrafismo. Por uma razão muito simples: o açougueiro era quase analfabeto. Tinha estudado até a terceira série e só sabia fazer contas. E como todos sabem, para aprender há limites de idade. Depois dos seis anos, certos circuitos neuronais, se não são estimulados, se sulfatam.

Foi um fracasso retumbante também para a filosofia. O que é muito mais grave. Porque o erro de um médico afeta a vida de um indivíduo ou de um grupo de indivíduos durante alguns anos, enquanto o erro de um filósofo pode afetar a vida da humanidade durante vários séculos. No caso do cérebro, os filósofos simplificaram excessivamente o problema, pensando em um transplante de cérebro inteiro, e não de um quarto de cérebro. E ao mesmo tempo o complicaram inutilmente, como costuma ocorrer com tanta frequência, imaginando o que aconteceria se a consciência se alojasse não no cérebro, mas no mindinho de uma pessoa, e essa pessoa tivesse o mindinho amputado, e outras crueldades do tipo, perdendo-se no problema da memória, das ideias inatas, no conceito de substância, na imortalidade da alma... Resultado: tínhamos este impensável, nosso pobre escritor Evaristo Robustiniano Torres, dizendo o dia todo, sem cessar, "Miolos", "Miolos", "Miolos".

O que fazer para que desligue?

Desesperados, os membros do Círculo convocaram uma assembleia extraordinária. Como costuma ocorrer, o desespero estimulou como nunca a capacidade de interpretação de um deles. Ou, melhor dizendo: de uma delas, pois se tratava de Urania Narváez, uma moça que há anos lia contra sua vontade romances de vampiros, obrigada por seu noivo, José Félix Galiano, um dos membros mais fanáticos do Círculo, ganhador do prêmio Evaristo Robustiniano Torres.

Para Urania Narváez, os romances do nosso autor eram conversa para boi dormir. A educação desse vampiro patagônico, que tinha tantos modos e atenções com a vítima, a incomodava. Se era para ler uma história de vampiros, preferia com toda sinceridade um vampiro verdadeiramente rude e duro, desses que chegam a uma cidade em um barco à vela infestado de ratos, escondido em um caixão, que em menos de uma noite deixa toda a população seca como um pau.

Confessar essa verdade a José Félix Galiano acarretaria o rompimento do noivado. Não lhe restou outra opção além de fingir. Mas em assuntos sentimentais, os segredos não existem. Há uma nudez que liga os corações e que excede o que os corações sabem e acreditam saber. A reticência de Urania para ler os romances de vampiros resultou numa resistência de José Félix Galiano para se casar. "Nos casaremos quando faltar pouco para eu terminar a faculdade", ele disse inicialmente. Mas José Félix Galiano terminou seus estudos de medicina e eles não se casaram. "Nos casaremos quando eu conseguir um bom emprego", ele disse depois. Mas

José Félix Galiano conseguiu um bom emprego no hospital onde nosso romancista havia sido internado e eles continuaram sem se casar. "Não: nos casaremos quando Evaristo Robustiniano Torres voltar a escrever. Desta vez te dou minha palavra de honra", ele disse uma noite. Até esse momento, Evaristo Robustiniano Torres não podia dizer mais do que nomes de partes da vaca. Urania Narváez não deixou passar essa oportunidade. Em meio à assembleia extraordinária do Círculo, ergueu a mão e pediu a palavra.

– Depois da experiência traumática craniana, a escrita de Evaristo Robustiniano Torres sofreu uma revolução copernicana, ou se preferem, uma *Kehre*. Para dizer a verdade, Evaristo Robustiniano Torres se encontrava em um beco sem saída. Com seus cinquenta romances de vampiros já havia esgotado todas as possibilidades de sua imaginação. Não teria podido continuar escrevendo, sem compor algo requentado. A única maneira de sair desse lamaçal foi dando um salto no vazio. Graças ao acidente, pôde passar da prosa sanguínea para uma poesia que eu me atreveria a qualificar de bovina. Eu passei meses anotando, uma por uma, as palavras pronunciadas por Evaristo Robustiniano Torres. Onde muitos veem uma sucessão de miúdos eu vejo um poema.

Houve um burburinho na sala. Os olhos de José Félix Galiano se encheram de lágrimas. Essa interpretação supunha não tanto a extinção do Círculo de

Amigos dos Romances de Vampiros, mas um cisma. E foi isso o que aconteceu. O Círculo se dividiu em dois. De um lado, aqueles que rejeitaram escandalizados a interpretação de Urania Narváez, considerando-a não apenas errada como também perniciosa. E de outro, aqueles que aderiram fervorosamente a essa interpretação, considerando que os poemas bovinos de Evaristo Robustiniano Torres eram os mais belos que eles haviam conhecido até o momento. E mais: houve um editor que não hesitou em publicá-los, com um prefácio de Urania Narváez que começava triunfalmente: "Há muito mais literatura na bancada de um açougue do que nas estantes das nossas bibliotecas. Escrever não é uma forma de cortar, picar, salgar, fritar, assar no forno uma carne, a carne da linguagem?".

Urania Narváez e José Félix Galiano se casaram.

O livro foi um verdadeiro desastre comercial. Mas foi acolhido com entusiasmo pela crítica. Bastaram dois artigos favoráveis para que, em pouco tempo, o livro ganhasse a simpatia de um punhado de leitores, cansados dos golpes baixos na narrativa. Os epígonos não tardaram a aparecer. Depois de algum tempo, ninguém podia escrever um poema sem que algum verso revelasse a influência dos miúdos de Evaristo Robustiniano Torres.

Eis aqui a história de tantas escolas e movimentos literários. Sob a influência de uma dispepsia, um cálculo renal ou um fibroma, um doente proclama uma teoria qualquer com violenta eloquência. Um pequeno grupo de loucos, criminosos e histéricos, por certo muito menos talentosos, se reúne em torno dele, venerando-o sem nenhum juízo crítico. A partir daquele momento, vivem somente para difundir o veneno, como escorpiões.

Urania Narváez e José Félix Galiano tiveram gêmeos.

Os médicos haviam dito que o transtorno de linguagem e de escrita de Evaristo Robustiniano Torres era uma mera questão de tempo e se enganaram. O tempo passou e o vocabulário de Evaristo Robustiniano Torres não se enriqueceu com uma palavra sequer. É verdade que tampouco empobreceu. Incapaz de aprender ou esquecer, Evaristo Robustiniano Torres só podia engordar. Com seu novo cérebro, despertara nele um apetite carnívoro incontrolável.

Um desarranjo da hipófise?

Não.

Mais uma vez: um problema de interpretação.

Confundindo um automatismo de linguagem com uma ordem, os empregados satisfizeram uma demanda que, para dizer a verdade, não era uma demanda. Davam-lhe para comer tudo que Evaristo Robustiniano Torres dizia, mas que na verdade não pedia: fígado, linguiça, morcela, matambre, bife borboleta, miolos, miolos, miolos.

Como era natural, essa dieta fez aumentar o colesterol ruim. Junto com as gemas, os miolos são um dos alimentos que contêm a maior taxa de colesterina.

As artérias coronárias de Evaristo Robustiniano Torres entupiram. Ele começou a sentir pontadas no peito durante a caminhada, a subida de uma escada, depois de comer. No início, alguns minutos de repouso eram suficientes para que a dor passasse. Mas depois, não. Por mais que ficasse acamado, dormisse com uma bolsa de gelo sobre o coração ou ingerisse uma boa dose de morfina, os ataques eram cada vez mais frequentes e mais intensos. E não era para menos. Evaristo Robustiniano Torres alcançara os cem quilos. Com esse peso, nem o nitrito de amilo era eficaz.

Assim como o doador, Evaristo Robustiniano Torres morreu certa noite, depois do jantar, de um infarto. Ao rasgarem-se uma por uma as artérias do miocárdio, deixaram ouvir uma melodia de harpa, a música de suas próprias esferas celestes. Suas últimas palavras foram: "Um palito de dente". E morreu escarafunchando um canino.

O homem das formigas desaparafusadoras

Quando Roderick Glover fez dezoito anos, seus pais lhe deram o presente pelo qual ansiava há muito tempo. Venderam a granja de Littleton, a poucas milhas de Christchurch, Nova Zelândia, com suas quatrocentas ovelhas, para pagar por cinco anos de estudo de literatura grega na Universidade de Oxford.

Roderick Glover sempre sonhara em viajar. E desde menino sempre sonhara em estudar literatura, em particular literatura grega. Nunca se atrevera a pensar que um dia faria uma viagem ao Velho Mundo, nada mais nada menos do que à Inglaterra, nada mais nada menos do que a Oxford.

Bastava essa palavra ser pronunciada para que aparecesse em sua mente um torvelinho de imagens que o deixavam todo arrepiado: os jardins concebidos por Lancelot Capability Brown, sem uma linha reta sequer, em que o natural se confundia com o artificial e o belo com o sublime; um grupo de estudantes ensaiando uma cena de *Tito Andrônico* de Shakespeare; doutores peripatéticos entrando e saindo da biblioteca Bodleian sob uma tênue chuva; um veado erguendo a cabeça entre as sarças do Deer Park; o campanário da catedral batendo às cinco da tarde; os vitrais pré-rafaelitas da igreja de St. Mary; o Uccello do Museu Ashmolean; esquilos saltando entre a relva de uma colina; barcas subindo à sombra dos álamos o curso do Isis (o Tâmisa não poderia reter seu nome profano em Oxford).

Não foi de se estranhar que a ansiedade da viagem tivesse provocado em seus nervos neozelandeses uma impressão demasiado forte. Mal tinha desembarcado em Dover e, enquanto caminhava pelo cais do porto arrastando seu baú, sentiu que a têmpora esquerda começava a latejar, com um latejo tenebroso.

Em poucos segundos aconteceu o que tão frequentemente lhe acontecia. Sentiu que lhe ardia o olho esquerdo, como se estivesse a ponto de chorar. Da glândula lacrimal, contudo, não saiu uma só lágrima, mas uma formiga e depois outra e outra e outra. Quando deu por si, tinha o corpo coberto de formigas, que haviam saído não apenas de seus olhos, mas também de suas orelhas, nariz e boca, uma por uma, em fileira, sem trégua, agitando patas e antenas, abrindo e fechando as mandíbulas, carregando rainhas, ninfas e crisálidas. Deram-lhe pontadas horríveis no crânio, do lado esquerdo. As formigas estavam desparafusando o parietal, o frontal, o temporal. Sentiu que o esfenoide estava se desprendendo. Viu estrelas. De repente, ficou tudo escuro e ele ficou cego por algum tempo. Quando voltou a ver, já não havia mais formigas. Sentiu um profundo alívio. Cada osso do crânio estava em seu lugar, perfeitamente aparafusado. Mas, naquela mesma noite, ele acordou com uma enxaqueca que durou três dias, sem interrupção, durante os quais se viu obrigado a ficar na cama, no quarto de um hotel imundo em Londres, no escuro, com uma compressa de água gelada na testa, sem comer nem dormir nem falar. A luz, o barulho e o movimento lhe eram insuportáveis.

Oxford o decepcionou terrivelmente.

No Keble College, as condições de vida dos estudantes de recursos mais modestos eram deploráveis. Pagando um aluguel escandalosamente alto, conseguiu o quarto mais úmido do pavilhão residencial, em Cowley, a algumas milhas do centro, com vista para uma das fábricas Morris.

A zeladora era uma tal de Mrs. Kettlewell, uma viúva que perdera o marido e os dois filhos durante a Grande Guerra. A cada manhã ela lhe servia o mesmo café, que incluía uma xícara de chá morno, umas rodelas de pão, uma porção de manteiga rançosa, umas fatias de bacon. Aos domingos e nos feriados tinha direito a um ovo de codorna.

Salvo poucas exceções, os professores do Keble College eram os mais antigos de toda Oxford. Roderick Glover, que se imaginara assistindo às aulas do helenista genial que colocaria ponto final na querela sobre a verdadeira identidade de Homero, teve de se conformar em traduzir Hipônax, sob a palmatória de um professor que usava um paletó desbotado, com os ombros cobertos de caspa.

Isso para não falar de seus colegas de estudo. Roderick, que havia pensado em dividir seus dias e suas noites com condiscípulos fora de série, cujos nomes figurariam nos anais da história, das artes e das ciências, teve que se resignar com a companhia de uns arrogantes. Os atletas o menosprezavam por sua constituição fraca e sua inaptidão no remo, no golfe, no críquete. E os estetas o menosprezavam por seu modo de vestir-se, que os fazia pensar em um ornitorrinco.

Não foi de se estranhar que, depois de algum tempo, tais decepções tenham terminado arruinando seu pobre sistema nervoso neozelandês. Em Oxford lhe ocorria cada vez mais o que Roderick chamava de *desaparafusamento*, mas que nós, seguindo a nomenclatura atualmente em voga, denominaremos, apesar de suas deficiências, enxaqueca.

É verdade que Roderick sofrera de enxaquecas desde menino. Em sua árvore genealógica crescia um ramo enxaquecoso que remontava, pelo menos até onde iam seus conhecimentos, a James Glover, o ancestral que chegou à Nova Zelândia trazendo em sua bagagem uma enxaqueca imune a todos os tratamentos, que o obrigava a ficar de cama durante dias, na penumbra e no silêncio, com uma compressa de gelo na testa. Mas também é verdade que Oxford agravara essa predisposição hereditária. Que ninguém pense que a enxaqueca é uma fatalidade. Por acaso seus sete irmãos não levavam uma vida perfeitamente normal, criando filhos e ovelhas, gozando de perfeita saúde, numa granja da península de Banks, a poucas milhas de Christchurch?

Os ataques de enxaqueca começavam sempre da mesma maneira: com uma formiga que lhe saía de algum poro, como uma gota de suor, e depois outra e outra, armadas com instrumentos que os homens haviam inventado para domar as forças indômitas da natureza e que as formigas utilizavam para dominar o homem através da dor, desaparafusando os ossos da têmpora esquerda de Roderick, não sem fúria, a fim de afundar na abóbada craniana uma forquilha que perfurava o centro mais carnudo de seu cérebro.

Para amenizar as dores, um médico lhe aconselhou um tratamento com cafeína. Roderick começou a beber vários litros de café por dia. Em vez de melhorar, a cafeína agravou ainda mais seu mal. O café o deixava irritado e sem sono, e o nervosismo e a falta de sono tornavam suas enxaquecas mais violentas. Procurou outro médico, que lhe propôs um tratamento com brometo por via oral. Mas esse tratamento não deu o menor resultado, a não ser uma secura na boca, lesões cutâneas, náuseas. Outro médico lhe prescreveu injeções de tartarato de ergotamina, que tampouco produziram o efeito desejado, a não ser enjoos, cólicas, azia. Um professor quis cortar sua artéria temporal, mas Roderick, desenganado com tantos fracassos, se recusou.

Como sentiu que a medicina o abandonara, decidiu abandonar a medicina. Preferiu viver suas enxaquecas a portas fechadas. Ser ao mesmo tempo o médico e o paciente, a dor e o analgésico, a saúde e a doença.

Roderick não demorou a descobrir que uma maneira de combater as enxaquecas era concentrando-se em algo que não fosse a enxaqueca, pensando intensamente em outra coisa. Por exemplo, contando até cem, rezando cem vezes uma mesma oração, imaginando uma história. O problema era que Roderick sentia uma profunda aversão pela aritmética, se aborrecia completamente com a religião e tinha muito pouca imaginação. Não lhe restou outro remédio senão inventar um novo tratamento contra a cefaleia.

Quando sentia que a artéria temporal esquerda começava a latejar, Roderick se precipitava sobre algum autor grego, como se fosse uma aspirina. E começava a traduzir. Quando as formigas desaparafusadoras apareciam, seu cérebro estava totalmente absorto na tradução. Desse modo a dor passava quase que sem perceber.

Está demonstrado que o cérebro não pode se ocupar de duas ideias de uma vez. Quando um cérebro traduz, reza, conta, imagina, não pode sofrer. E quando sofre, não pode imaginar, contar, rezar, traduzir. Por isso mesmo, para atenuar as enxaquecas, é necessário que a tradução, a invenção, a oração, a conta, precedam a dor. Quando aparece a dor, de nada serve imaginar, contar, rezar, traduzir. Para que a oração, a contagem, a imaginação, a tradução, sejam analgésicos eficazes, é mister que o cérebro esteja convenientemente capturado por essas atividades mentais antes que as primeiras dores se manifestem. Assim, rezar equivale a dez gramas de paracetamol. Contar até cem, a cinquenta gramas. Imaginar uma história, a setecentos e cinquenta. Traduzir, a duzentos e setenta e cinco.

Em vez de inibir sua atividade intelectual, a enxaqueca a estimulou. Enquanto seus colegas abandonavam Oxford para casar-se, ocupar um posto de funcionário na Índia, esbanjar a fortuna familiar nos braços de uma mulher infame que trabalhava em uma taverna infame (ou, de acordo com o gosto, afogar-se no rio abraçado ao corpo de outro rapaz), Roderick Glover ganhou com suas traduções o reconhecimento de todos os professores.

Entre eles estava um certo Mr. Hartley, do Trinity College, um dos maiores especialistas em Hipócrates. Havia vários anos, Mr. Hartley se dedicava a uma tradução monumental do *Corpus Hippocraticum*, inveja de todas as línguas e de todas as épocas. Ele pretendia eclipsar com sua tradução a tradução francesa de Émile Littré, cheia de erros que fariam um principiante enrubescer. Não por acaso havia publicado um opúsculo que desencadeara uma polêmica, intitulado *Mil duzentos e trinta e sete erros de tradução do* Corpus Hippocraticum *cometidas por M. Émile Littré, identificados, criticados e convenientemente emendados para a saúde da humanidade*.

Mr. Hartley aplicava escrupulosamente a seu trabalho um princípio anti-homeopático que proscrevia as traduções que abordavam as mesmas doenças que afligiam o tradutor. Esse tipo de coincidência, assegurava Mr. Hartley, deixava a porta aberta para os piores equívocos. O tradutor não podia evitar projetar seus próprios achaques sobre o original, cometendo assim os erros mais grosseiros. Émile Littré poderia ter sido um excelente tradutor de Hipócrates se tivesse gozado de uma excelente saúde. Ou, mais exatamente: se não tivesse cometido a besteira de traduzir *Olhos* com um princípio de catarata, ou então *Natureza dos ossos* sofrendo de osteíte, de origem seguramente sifilítica.

Por sorte, a saúde de Mr. Hartley era quase perfeita, a não ser por um problema ligado à vida sedentária: as hemorroidas. Mr. Hartley era um desses típicos homens de letras que trabalhavam dez horas por dia, sem interrupção, apoiando o peso do corpo em um só glúteo: o glúteo esquerdo. Não era de se estranhar que, ao fim de alguns anos, as nádegas de Mr. Hartley tenham se ressentido. Ao redor do orifício anal se formaram uns anéis de cor azul-violeta, que doíam insuportavelmente durante as evacuações. Ou simplesmente quando tossia.

Ele já havia traduzido sozinho, com muita boa vontade, quase todo o *Corpus Hippocraticum*. Mas suas dores não apenas o impediam de se sentar. Também o impossibilitavam de traduzir um tratado breve, mas não por isso menos interessante, até então injustamente esquecido, intitulado *Hemorroidas*. Ele traduzira sem inconvenientes *Fístulas*, mas de *Hemorroidas* não podia sequer se aproximar sem começar a sentir um ardor.

Não havia outro remédio a não ser pedir a outro tradutor que fizesse o que ele não podia. Convocara uns vinte candidatos, mas nenhum lhe apresentara uma tradução digna de estima. Como ele era de uma exigência feroz, ninguém conseguia trabalhar sob sua direção.

Mr. Hartley convocou Roderick Glover, sem grandes esperanças. Depois de um escrupuloso interrogatório para verificar não apenas seus conhecimentos mas também seu histórico clínico, decidiu lhe dar uma oportunidade. Roderick era a pessoa ideal para traduzir e fazer as notas de *Hemorroidas*. No fim das contas, ele pensou, suas doenças respectivas se complementavam. O reverso das hemorroidas era a enxaqueca. O alto era o correlato do baixo, o seco do úmido, o dianteiro do derradeiro, o nobre do vulgar, o que se pode mostrar do que se deve ocultar. Deu-lhe um mês para apresentar uma primeira versão.

Roderick se entregou a esse trabalho com afinco. Leu e releu o tratado até sabê-lo de cor. E sob a titilante luz de uma lamparina de querosene, pôs-se a traduzir.

Traduziu algumas páginas e lhe pareceram muito boas. Releu-as e lhe pareceram muito ruins. Afinou e remendou. Apagou e rasgou. Emagreceu e engordou. Começou de novo, ocupando-se das notas, deixando a tradução para mais tarde.

Afundou-se na delicada questão do autor e da data de composição. Teve noites excelentes e péssimas manhãs. Deitou-se cheio de inspiração e acordou de mau humor. Sentiu-se genial. E logo depois imbecil. Passou vários dias sem conseguir tocar nos seus papéis. Chegou a odiar profundamente Hipócrates.

Não foi de se estranhar que tantas tensões acabassem agravando seus ataques de enxaqueca. Certa noite, enquanto traduzia – ou melhor dizendo: enquanto tentava traduzir para prevenir um ataque de enxaqueca –, teve a desagradável sensação de estar sentado sobre um objeto molenga: um esquilo! Levantou-se enojado. Quantas vezes não lhe havia ocorrido, ao entrar em seu quarto e acender a luz, de dar com um esquilo oxfordiano, comodamente instalado sobre sua mesa, comendo a página de seu dicionário de grego em que se encontrava o indispensável verbete sobre *algema*, um dos quatro termos que em grego designam a dor? Mas na cadeira não havia nada. Absolutamente nada. Tinha sido pura ilusão, como as famosas cócegas na perna que sentem os doentes que acabaram de ter uma perna amputada, e que não são bom sinal.

Sentou-se e não demorou a sentir uma mordida na polpa da nádega esquerda. Levantou-se de um salto. Dessa vez ele pensou que se tratasse de algum verme que havia se escondido em algum orifício da madeira. Seria uma formiga desaparafusadora que em vez de sair do corpo saía dos objetos em contato com seu corpo? Observou a cadeira detidamente, em busca do tal buraco. Mas sobre a cadeira não havia nada. Ou melhor, sim. Do encosto saíam três ou quatro anéis de fumaça branca. O estranho era que não havia nenhum fogo aceso no quarto. Enquanto Roderick se perdia em toda espécie de inspeções, a fumaça se extinguiu.

Voltou a se sentar e novamente sentiu uma dentada na polpa da nádega, desta vez a direita. Examinou com atenção a cadeira, os pés para cima, os pés para baixo. Continuava sem haver nada. Desta vez nem fumaça sequer. E ele teve uma impressão arrepiante: a arrepiante sensação de ter sido mordido por uma cadeira.

Sentiu os sintomas premonitórios de um ataque de enxaqueca. Disse a si mesmo então que o trabalho o estava esgotando. Que seu cérebro, por culpa de tantas leituras em grego, estava ficando ressecado. Abriu as janelas para que entrasse um pouco de ar fresco. Preparou um chá e pôs seu gorro de dormir, com a intenção de não tirá-lo até o meio-dia do dia seguinte. Ao apoiar a cabeça no travesseiro, caiu em um sono profundo.

Não demorou a acordar sobressaltado por um alvoroço horripilante. A cadeira, a mesa e os outros móveis do quarto, incluindo sua cama, não paravam de se mover e bater uns nos outros. E isso não foi tudo. As janelas abriam e fechavam violentamente, como se pelo quarto circulasse uma corrente de ar vinda diretamente do mar de Ross, enquanto no exterior reinava uma noite de verão, sem um pingo de vento.

Pensou outra vez naquelas estranhas sensações que precediam seus ataques de enxaqueca e temeu pelo pior.

Mas os ruídos também chegaram até Mrs. Kettlewell, que não sofria de enxaqueca. Mrs. Kettlewell acordou sobressaltada e correu para o quarto dele, enfurecida. No mesmo instante em que bateu à porta, os objetos deixaram de se mover. Quando Roderick Glover abriu, ela não conseguiu acreditar no que seus olhos viam. Roderick Glover não soube o que dizer nem como explicar o estado de desordem em que se encontrava seu quarto.

Ele não teve outro remédio senão suportar o sermão que lhe fez Mrs. Kettlewell, recordando-lhe que aquela casa era um lugar de estudo e descanso. E que ela de nenhum modo poderia tolerar, em nome de sua própria reputação e da dos demais - aqui pigarreou -, aquela conduta e aquele barulho a altas horas da noite. E essa não era a primeira vez. Já estava farta, verdadeiramente farta. Não era difícil compreender os motivos que a forçavam a pedir-lhe - aqui fez uma voz mais grave - que no dia seguinte, antes das onze da manhã, logo depois de pagar-lhe o aluguel e de deixar o quarto perfeitamente arrumado, ele fosse embora. A decisão era irrevogável.

Assim que Mrs. Kettlewell se retirou, Roderick Glover começou a fazer suas malas. Sua artéria temporal esquerda latejava horrivelmente. Sentia que sua cabeça ia estourar a qualquer momento. Enquanto arrumava sua mala, a cadeira começou novamente a perambular de um extremo ao outro do quarto e a dar saltos mortais no ar. No lugar da dança, agora era o circo.

Roderick não achou graça alguma naquela demonstração de acrobacia. Se aquele barulho voltasse a chegar aos ouvidos de Mrs. Kettlewell, ela o expulsaria de sua pensão naquela mesma noite, sem nenhum tipo de consideração. Era até capaz de chamar a polícia! De modo que ele se lançou sobre a cadeira. Quando a agarrou por uma das pernas, sentiu que de seu nariz saía uma formiga e depois outra e mais outra, em fileira, agitando patas e antenas, abrindo e fechando mandíbulas, carregando rainhas, ninfas e crisálidas. Seus olhos reviraram e ficaram brancos. Ele sentiu que o cérebro também se revirava e tudo ficou negro.

Quando recobrou a consciência, a cabeça não doía. Pelo contrário, sentia um profundo bem-estar. Deu-se conta de que durante um ou dois minutos (talvez uma ou duas horas) estivera sentado na cadeira, em frente de sua escrivaninha, rascunhando um papel. Observando com atenção os tais rascunhos, Roderick Glover percebeu que se tratava na realidade de uma escrita invertida, que deveria ser lida refletida em um espelho. Foi o que ele fez, descobrindo, não sem estupor, uma mensagem de além-túmulo, assinada por ninguém menos que Hipócrates, em um inglês bastante aceitável.

Hipócrates pedia-lhe desculpas por aquela apresentação tão abrupta, mas muito mais grosseiro e inoportuno havia sido o espírito que se manifestou às irmãs Fox, em Hydesville. E deixando de lado tanto protocolo, porque as comunicações com o além estavam cada vez mais caras, foi diretamente ao assunto. Já fazia alguns anos que Hipócrates seguia com toda a discrição, desde o mundo de além-túmulo, as traduções de suas obras. Ao ver as dificuldades impostas por *Hemorroidas*, um de seus tratados preferidos, decidiu transmigrar do além para cá, para dar-lhe uma ajuda. Nada melhor do que um diálogo com o autor para solucionar aqueles problemas que lhe causaram tantas dores de cabeça. Champollion, que queimou as pestanas durante anos para resolver o enigma dos hieróglifos egípcios, encontrou a solução em duas noites, conversando *tête-à-tête* com Cleópatra. Estaria ele interessado nessa oferta excepcional? Tinha tempo para pensar. Até amanhã.

Roderick Glover leu a mensagem várias vezes. Não conseguia acreditar. Ele não havia sido mordido pela cadeira, como pensara ridiculamente no início. O espírito de Hipócrates o havia mordido, com sua dentadura incorpórea, encarnado, por assim dizer, naquela cadeira. Ficou arrepiado. Não restavam dúvidas.

Ou sim.

Como aceitar uma ideia tão estapafúrdia? Ele era reticente para reconhecer a existência de fenômenos paranormais. Essas histórias de um além-túmulo não haviam inspirado nele senão escárnio e incredulidade. Não tinha nenhum inconveniente em qualificar todas aquelas histórias de telegrafia ultraterrena de farsa, de desprezível mentira, de porcaria de invenções, para uma inteligência de dois xelins.

Mas os fatos se impunham de uma maneira avassaladora, como o resultado de certas operações aritméticas, que postulam, sem mais, que dois mais dois são quatro. Voltou a ler a mensagem. Apareceram algumas dúvidas. Como explicar aquela habilidade, até então desconhecida, de escrever invertido? Ou o fato de escrever com uma letra que não era a sua?

Então algo aconteceu que dissipou todas as dúvidas. *Hemorroidas* abriu-se de par em par. O lápis com que havia trabalhado se ergueu do porta-lápis para pousar sobre o tratado, como uma libélula, e sublinhar uma frase do primeiro parágrafo que, deu-se conta naquele momento, havia esquecido de traduzir. Se ele tivesse entregado uma versão com tal omissão, Mr. Hartley nunca o teria perdoado.

E isso não foi tudo.

Ele tinha uma garrafa de vinho da Nova Zelândia guardada cuidadosamente no armário para uma ocasião especial. A garrafa se abriu sozinha. Dela saiu um jorro, que desenhou um arco no ar e caiu em uma taça que se encontrava sobre sua escrivaninha, sem derramar nem uma gota sequer. A taça de vinho, sem que ninguém a tocasse, deslizou até ele e se deteve a poucos centímetros de sua mão. Ele ouviu (ou acreditou ouvir) uma voz apagada, como que saindo de debaixo da terra, que sussurrou: "Tchin-tchin".

Não lhe restavam dúvidas: ele havia recebido naquela noite uma visita ultraterrena de Hipócrates. A prova irrefutável era a frase que ele se esquecera de traduzir, sublinhada no texto do tratado por uma mão invisível, e as gotas de vinho da Nova Zelândia que cintilavam no fundo de uma taça.

No dia seguinte, Roderick Glover alugou um quarto situado a sete milhas do centro, na casa de uma certa Mrs. Hogdson, uma viúva tão recalcitrante quanto Mrs. Kettlewell, mas que ao menos lhe oferecia a vantagem de ser um pouco ruim do ouvido e viver só. Isso lhe permitiu adentrar nesse mundo que acabara de descobrir sem ser incomodado.

Durante várias noites, recebeu a visita de Hipócrates, que o ajudou a traduzir e fazer as notas de *Hemorroidas*, tal como lhe havia prometido. Evidentemente, Roderick teve que pagar um preço por essa ajuda. Hipócrates, o espírito de Hipócrates, o espírito que se fazia chamar Hipócrates, exigiu que Roderick lhe cedesse o usufruto de algumas partes de seu corpo, para alojar alguns espíritos amigos que, nostálgicos das alegrias e das penas da vida terrestre, há tempos buscavam a possibilidade de reencarnar, ainda que fosse apenas no cóccix, já não como residência principal mas como osso de fim de semana.

Roderick aceitou, dizendo a si mesmo que de qualquer modo iria ceder a Hipócrates aquelas partes responsáveis pela enxaqueca, das quais ele sempre quis se livrar. Timócrates, um dos pacientes de Hipócrates, reencarnou no osso temporal e Tésalos, um de seus filhos, na artéria temporal. Os ataques de desaparafusamento desapareceram. Roderick ficou muito satisfeito com essa troca. Com muita frequência, é melhor perder do que conservar certas vísceras. Quem deseja um fígado cirrótico? Um coração com artérias obstruídas? Um cérebro esclerosado?

Os espíritos reencarnavam com uma presença leve, quase imperceptível, a não ser por umas cócegas. O aluguel incluía não apenas as comunicações por tempo ilimitado com o além, mas também a instalação gratuita do espiritógrafo, que consistia em dois eletrodos colados à têmpora e conectados a um lápis por um fio de cobre. Graças ao espiritógrafo, ele podia captar com toda fidelidade as vozes de além-túmulo que retumbavam em sua mente e transcrevê-las com uma perda mínima para uma folha de papel, fixada diante de um espelho.

Com a ajuda de Hipócrates, Roderick Glover pôde fazer em poucos dias aquilo que teria levado meses para fazer sozinho. Quando entregou a Mr. Hartley a primeira versão da tradução anotada de *Hemorroidas*, Mr. Hartley mal podia acreditar. O trabalho estava perfeito. Por mais que ele o lesse e relesse, não conseguia encontrar um defeito sequer, nem a menor das inexatidões. E como se isso fosse pouco, Roderick havia conseguido traduzir, não sem engenho, duas ou três passagens obscuras, que nem ele mesmo teria sabido como traduzir.

Era possível?

Mr. Hartley convocou Roderick e Roderick revelou-lhe os segredos de sua tradução. No início, Mr. Hartley o considerou totalmente pirado. Mas, ao reconsiderar a qualidade do trabalho, começou a vacilar. Era inegável que havia algo de paranormal naquela tradução. Não sem certo tom gozador, pediu que Roderick lhe apresentasse Hipócrates.

Mr. Hartley se conectou ao espiritógrafo e manteve um dialogo de além-túmulo que o arrepiou. Hipócrates lhe contou sobre seus anos de formação na ilha de Cós, sua amizade com Demócrito, a recusa da proposta do rei persa Artaxerxes I, a estadia em Tessália. Como era natural, fez-lhe também uma proposta.

O mal denominado *Corpus Hippocraticum*, disse Hipócrates a Mr. Hartley, não eram mais que os restos de uma obra que, depois de sucessivas invasões, incêndios, saques, roubos, foi perdendo braços, pernas, olhos, língua, dentes, unhas, pelos, até tornar-se um monte de ossos dispersos, que foram recebendo títulos pomposos, tais como *Epidemias*, *Aforismos*, *Prognósticos*, *Doenças sagradas* e assim por diante. Hipócrates estava disposto a revelar-lhe aquilo que ninguém conhecia: os fragmentos definitivamente perdidos de sua obra. O que era necessário traduzir não eram os restos que sobreviveram ao naufrágio, mas o tesouro que havia afundado no oceano.

O coração de Mr. Hartley começou a bater descontroladamente. Desde criança ele sonhava em fazer uma grande descoberta. Desde criança desejava ser um novo Heinrich Schliemann, que, em vez de exumar as ruínas de Troia, descobriria algum manuscrito perdido. Uma terceira epopeia de Homero! Agora apresentava--se uma oportunidade que ele não podia desperdiçar. Trazendo à luz os escritos perdidos de Hipócrates, ele não apenas revolucionaria o estreito círculo dos helenistas como também o mundo dos homens de letras, fundando um novo método filológico, que poderia se chamar, por que não, crítica de além-túmulo. A crítica de além-túmulo estudaria aquilo que escapava à crítica terrena: as literaturas desaparecidas de todas as épocas e lugares, devido a pilhagens, assaltos, incursões, fogueiras, guerras, inundações, terremotos.

Evidentemente, havia um preço. Para revelar-lhe os escritos perdidos do *Corpus*, Hipócrates não exigia um simples osso mas, como era natural, um corpo inteiro: o corpo de Mr. Hartley. O preço pareceu excessivo a Mr. Hartley. Mas, como sua ambição era muito mais forte do que o sentimento de pertencimento a suas próprias vísceras, aceitou, considerando que mais tarde seria possível voltar a negociar o contrato. Ele cedeu a Hipócrates, a título de experiência, o plexo hemorroidário em troca de *Gânglios linfáticos*. Entregando-lhe uma parte que lhe provocava tantas dores, não perdia grande coisa. Ao contrário, ganhava. Era um bom negócio. Durante uma semana, viveu sem hemorroidas e foi feliz.

Mas Hipócrates quis mais.

Mr. Hartley viu-se obrigado a se desfazer dos intestinos em troca de *Ortopedia dentofacial*. E em troca de *Fleumas* teve que entregar o pâncreas, o fígado e a vesícula. Este sim foi um mau negócio. Sem esses órgãos era impossível fracionar as albuminas e peptonas em aminoácidos, hidrolisar o amido ou simplesmente decompor os dissacarídeos em monossacarídeos.

Implacável, Hipócrates também não parou por aí.

Mr. Hartley teve que entregar, em troca de *Murmúrios vesiculares*, o estômago e o esôfago; a cavidade bucal ele trocou por *Doenças do ouvido interno*. Mr. Hartley podia, sim, ler e traduzir, mas já não podia falar nem bocejar, e muito menos triturar alimentos.

Ele pensou que Hipócrates teria um pouco de piedade. Mas se enganou. Hipócrates revelou-se um homem de negócios dos mais inflexíveis. Em troca de *Tratado dos terçóis*, Hipócrates exigiu o usufruto dos outros sistemas. Mr. Hartley não teve outro remédio senão vender, um por um, os órgãos de seus sistemas respiratório, circulatório, nervoso, glandular, urinário. De qualquer modo, ter em suas mãos aqueles escritos perdidos o fazia tão feliz que já não lhe importava ter de traduzir sem coração, sem rins, sem pulmão, sem nervos, sem músculos, sem glândulas.

Quando Hipócrates lhe revelou *Higiene e alimentação do lactante*, Mr. Hartley – ou, melhor dizendo, os restos do que em algum momento se chamara Mr.

Hartley – vivia entrincheirado no úmero, recebendo as informações do mundo exterior (percepções) sob a forma de ondas telepáticas e emitindo as informações do mundo interior (afetos e pensamentos) escrevendo em um papel, com a ajuda do espiritógrafo.

Foi então que explodiu o escândalo. *Light*, um dos principais periódicos da imprensa espírita, revelou a existência de vários casos semelhantes ao de Mr. Hartley em Oxford.

Em troca de informações sobre a vida íntima de Napoleão, Mr. Ashburner, professor emérito do Magdalen College, havia perdido todas as partes do corpo, salvo o pé esquerdo, que lhe servia para falar, escrever, sentir, sonhar, pensar, amar e odiar. O mesmo ocorrera com Eusapia Britten, do Trinity College. Joana D'Arc, o espírito de Joana D'Arc, o espírito que se fazia chamar Joana D'Arc, a havia saqueado, deixando-a fechada e amarrada na trompa de Eustáquio. Por um diálogo com Virgílio, William Gladstone, do St. Paul College, perdera todos os órgãos do corpo, salvo o nervo trigêmeo. Platão arrebatara as falanges, falanginhas e falangetas de Edeline Thomson, do St. Patrick College, incluindo um anel de diamantes que seu marido lhe dera como presente de casamento.

A *Society for Psychical Research* teve de intervir para restabelecer a paz e a ordem. Ao fim de várias semanas de investigação, realizadas por uma equipe de trinta médiuns, o reverendo Fowler, presidente da associação, revelou a verdade, numa conferência.

Atualmente, explicou o reverendo Fowler, o além atravessava uma das piores crises da história, por culpa de um excesso populacional. Com a explosão demográfica que se produzira na terra, o aumento de nascimentos havia sido acompanhado, como era natural, por um aumento de óbitos, a tal ponto que a quantidade de espíritos que habitavam o mundo de além-túmulo havia centuplicado nos últimos séculos. Já não havia lugar no além, nem mesmo no centro do inferno. Com a chegada de mais de quinhentos mil mortos por dia, a situação se tornara crítica. A miséria havia chegado até mesmo ao paraíso. Espíritos insignes como Shakespeare, Dante e Santo Agostinho vivam em condições de amontoamento inaceitáveis.

Aos espíritos não restara outro remédio além da transmigração. No início a onda transmigratória aliviou a situação. Mas rapidamente começaram a faltar corpos humanos na terra para a reencarnação. Na falta de corpos inteiros, os espíritos tiveram de aceitar partes de corpos. Daí a indesejável multiplicação de traficantes de órgãos, como Hipócrates, ou, melhor dizendo, o espírito de Hipócrates, ou, ainda mais precisamente, o espírito que se fazia chamar Hipócrates, mas que também se fazia chamar, de acordo com a vítima, Napoleão, Joana D'Arc, Virgílio, Platão.

Houve um julgamento, nos tribunais de além-túmulo, contra os traficantes de órgãos. Hipócrates foi detido e condenado à prisão perpétua. Antes de ser encarcerado, devolveu a seus legítimos donos as diferentes partes usurpadas.

Depois desse escândalo, a crítica de além-túmulo foi estritamente proibida em Oxford e em outras universidades do continente. Seus adeptos tiveram que emigrar para países do Novo Mundo para praticar com toda liberdade a nova ciência.

Roderick Glover voltou para a Nova Zelândia. Ele fundou em Christchurch a Sociedade para Investigações Paraliterárias. Essa sociedade conta atualmente com mais de mil membros ativos, uma revista intitulada *Luz Astral* e uma biblioteca em que a obras principais de várias literaturas definitivamente perdidas podem ser consultadas, entre as quais a literatura creto-micênica, a literatura javanesa, a literatura esquimó, a literatura fenícia, a literatura mongol e sobretudo a antiga literatura coreana, que produziu uma obra maravilhosa, que até hoje só podia ser lida em uma tradução chinesa bastante defeituosa: *O canto dos pássaros azuis*.

A dama das flores

O *Magyar Nemzet*, um dos principais jornais matutinos de Budapeste, deu a notícia com esta manchete: "Incêndio florestal sem precedentes na Ilha Margarida arrebata de nossa cidade um pulmão vegetal". E logo depois, em letras menores: "Até o momento, trinta hectares foram queimados a despeito do denodado esforço de nossos bombeiros. Centenas de pessoas tiveram que ser evacuadas. As autoridades desconhecem as causas do desastre".

Poucas horas depois, Anasztazia Pécsely, a autora do sinistro, se apresentou voluntariamente à policia, explicando, não sem jactância e ligeiramente excitada, as motivações do crime. Ou melhor, dos crimes. Porque, antes de incendiar a Ilha Margarida (*Margitsziget*, em húngaro), a srta. Pécsely apunhalou e esquartejou sua criada, Zsuzsanna Kuzska. E logo depois, ao sair à rua, atirou com uma arma de fogo contra os transeuntes, semeando pânico e morte pelo caminho. Ao chegar à Ilha Margarida, verteu vários litros de combustível sobre uma mata de lírios. E riscou um fósforo.

As flores – disse a srta. Pécsely, antes de ser trancada em um calabouço, vigiada por dez guardas –, as flores são governadas pelo único elemento que fala: a água. Por isso, a única maneira eficaz de fazê-las calar é o silêncio. Quer dizer: o fogo. Febo é um nome para nomear aquilo que até hoje eu nunca pude nomear: o terror.

Que uma dama que pertencia a uma das famílias mais respeitáveis de Budapeste e que até então não havia sofrido nada além de um simples desarranjo glandular pudesse se entregar subitamente a tal loucura destruidora; que uma patroa como Anasztazia Pécsely, que até então havia sido a ama ideal, tivesse podido esfaquear a sangue-frio sua criada, como se se tratasse de uma galinha no galinheiro; que uma mulher, que durante tantos anos se dedicou às mais variadas atividades filantrópicas, pudesse deixar uma penca de viúvas, viúvos e órfãos; que uma cidadã exemplar, que até então havia defendido sua terra com unhas e dentes, pudesse incinerar sem o menor escrúpulo vários hectares do patrimônio nacional foi algo que comoveu toda a Áustria-Hungria, sem exceção, desde o último dos delinquentes até o próprio imperador.

Deve-se esclarecer que naquela época a srta. Pécsely era muito conhecida por sua luta sem descanso contra os manuais de ciências naturais utilizados no ensino médio, com os quais se envenenava o discernimento das jovens austro-húngaras. O alvo de sua ofensiva era a metáfora floral. Ela considerava que as metáforas deveriam ser afastadas da juventude, como o lavrador afasta a gralha dos grãos de trigo que acabou de semear.

Seus vinte anos de experiência docente a haviam convencido da urgência de tal missão. Bastava pronunciar a palavra *flor* para que as imagens mais ridículas brotassem, como cardos e urtigas, na mente de uma moça. Era culpa dos poetas, que durante tantos séculos haviam manuseado palavras como cravo, narcisos ou lilás, confundindo rosas viçosas com mulheres, para adverti-las de que muito em breve seriam carnes enrugadas ou pétalas flácidas e outras coisas desagradáveis do gênero, fazendo rimar preguiçosamente *açucena* com *honesta*, *camélias* com *mulher*, *lírios* com *suspiros*. Como se bastasse topar com a palavra *flor* para que a ideia se encarnasse no sensível!

O que ela mais detestava eram os livros sobre a linguagem das flores, tão na moda naquela época, com os quais as moças eram emburrecidas nos seus momentos de ócio. Sua pior inimiga era uma tal de Gizella Kötcse, que havia traduzido para o húngaro *Le Langage des fleurs*, de Madame de Latour, difundindo em uma língua fino-ugriana um flagelo que havia provocado tantos estragos nas línguas indo-europeias. Como se fosse pouco, Gizella Kötcse se havia atrevido a escrever seu próprio alfabeto floral. Como se bastasse esconder uma rosa esfarrapada na janela para enviar mensagens ao mundo inteiro! Uma rosa amarela, com folhas e espinhos, para cima: "Estou livre". Uma rosa amarela, com folhas e espinhos, para baixo: "Não há nada o que temer, mas também nada a esperar". Uma rosa vermelha, com espinhos mas sem folhas, para cima: "Amanhã às quatro da tarde". Uma rosa vermelha, sem espinhos mas com folhas, para cima: "Hoje não". Uma rosa sem pétalas, sem folhas e sem espinhos, para cima e para baixo, pouco importa: "Adeus para sempre".

– O que nós vemos das coisas são as coisas – dizia a srta. Pécsely. – Não é absurdo afirmar que ao ver uma coisa vemos outra? Uma flor é uma flor e nada além de uma flor. O importante é saber perceber e imaginar: perceber sem imaginar, mas imaginar para perceber o imperceptível.

Em vez de encher a cabeça das moças com todo aquele lixo floral, melhor seria elevar o nível do ensino de ciências direcionado ao sexo feminino, apresentando a elas na aula de ciências naturais a essência do mundo vegetal, sem alterações, substituindo as metáforas que nos vendem bromo por ouro pela descrição rigorosa (ou seja, científica) do mundo das flores (e não de sua linguagem) com o olhar de um naturalista que disseca, nomeia e classifica. E como ela não conhecia nenhum manual de botânica digno desse nome, destinado a um público feminino, a srta. Pécsely preferiu herborizar, observar e escrever ela mesma seu próprio *Curso de botânica elementar*.

Uma vez por semana ela dava um passeio matinal pelos parques da Ilha Margarida, situada no meio do Danúbio (*Duna*, em húngaro), vestida com cautelosa fantasia, protegendo-se do sol com uma sombrinha, para escrever ao ar livre e assim transcrever com a maior exatidão possível o que se podia ver e apenas o que se podia ver numa flor, sem que se interpusesse nenhuma pátina de metáforas entre a observadora e a observada.

Ela se detinha diante de uma planta qualquer, a primeira que cruzava seu caminho, por exemplo um dente-de-leão, um nenúfar, um cardo-estrelado. E as contemplava fixamente, durante horas, sem pestanejar, como se estivesse posando para uma câmera fotográfica. E depois descrevia a máquina de voar inventada pelo dente-de-leão antes dos pássaros e de Leonardo, para que, chegado o momento oportuno, suas flores se desprendessem do talo e pairassem pelos ares, impulsionadas pelo vento, deixando cair a semente no lugar mais adequado para a reprodução da espécie. Ou descrevia o sistema hidráulico, concebido pelo nenúfar antes dos peixes e de Arquimedes, para manter suas flores flutuando nos tanques, com suas cordas, lastros, boias e ventosas. Ou descrevia a máquina de viajar, concebida pelo cardo-estrelado antes dos cavalos e de James Watt, que havia provido suas flores com uns espinhos que, ao se engancharem no pelo de algum animal, eram capazes de se deslocar por milhares de quilômetros, sem o menor gasto de energia.

– A revolução industrial de que tanto se orgulha a civilização – afirmava a srta. Pécsely – aconteceu no reino vegetal, vários milhões de anos antes. Os homens e os animais não fizeram mais que percorrer um caminho que as flores, aparentemente imóveis, já haviam percorrido antes dos animais e dos homens.

Um dia, durante um de seus passeios, ao passar ao lado de uma mata de lírios que cresciam entre umas pedras na beira do caminho, ouviu uma gargalhada obscena. A srta. Pécsely se virou, ruborizada. Os lírios pararam instantaneamente de rir. A srta. Pécsely olhou fixamente para as flores. E descobriu, não sem horror, que, enquanto ela olhava aqueles lírios, tão pouco agraciados pela Natureza, os lírios também a olhavam, com um olhar lascivamente branco.

Não disse nada. E seguiu direto, altiva e majestosa, como se nada tivesse ocorrido, apertando o passo, sem deixar de ouvir, ao longe, às suas costas, aquelas risadas tão vulgares. Assim que chegou em casa, enfiou-se na cama e pediu a Zsuzsanna Kuzska que lhe preparasse uma compressa de gelo. Naturalmente, não conseguiu conciliar o sono.

No dia seguinte, voltou à Ilha Margarida, ao mesmo lugar, na mesma hora, vestida da mesma maneira e repetiu os mesmos gestos. Os lírios estavam lá imóveis e, ao passar por eles, continuaram imóveis. Ela sentiu uma alegria elétrica que subia e descia por sua medula. Retomou então o passeio de onde o havia interrompido, como se o incidente não houvesse ocorrido.

Deu no que deu.

Não demorou para encontrar umas margaridas. Ao olhá-las fixamente, as margaridas também a olharam fixamente, com seus olhos de ciclope insolentemente amarelos. Mostrando-lhe os dentes, disseram:

– *Voyeuse.*

Essa foi a senha. Um instante mais tarde, todas as flores do parque, para não dizer da Hungria, se puseram a uivar, com aquele uivo vegetal imperceptível para a maior parte dos humanos, mas não para a srta. Pécsely, que foi capturada por algo indescritível, algo assim como uma mão peluda saindo de uma tumba para agarrar os tornozelos de algum visitante desprevenido e arrancá-lo do mundo dos vivos.

Ela tentou deixar o mais rápido possível a Ilha Margarida. Mas já era tarde demais. Em cada canto do parque, ali onde pululavam os lírios, as margaridas, os jasmins, os asfódelos e as camélias vermelhas, rebentavam risadas, injúrias, barulhos obscenos. Ela não se atrevia a olhar para os outros transeuntes. Tinha tanta vergonha! A última coisa que viu foi um cachorro, levantando a pata para urinar sobre um canteiro de asfódelos. Os asfódelos começaram a gritar tão alto que a srta. Pécsely teve a impressão de que seus tímpanos iam estourar:

– Bostoniana.

Quando acordou estava em sua cama, banhada de suor. A garganta queimava. E não era para menos. O termômetro marcava trinta e nove graus. Aparentemente ela havia tropeçado em uma pedra. Ao cair e bater com a cabeça, perdera a consciência. A mulher que a havia encontrado desmaiada teve a bondade de informar um policial, que por sua vez tivera a bondade de identificá-la e conduzi-la, sã e salva, até seu lar.

A partir daquele dia Anasztazia Pécsely não apenas deixou de passear na Ilha Margarida como abandonou o projeto de redigir seu *Curso de botânica elementar*, absorta que estava em preocupações de outra índole. Por todos os lados começou a ver manifestações de uma Natureza Maligna, encarnada no Reino Vegetal. Saía à rua e via uma hera, e era impossível não pensar na indústria têxtil de certas trepadeiras, que estendem seus tentáculos silenciosamente sobre uma pedra ou um animal adormecido, até cobri-lo por completo, fazendo-o desaparecer. Ou abria um livro e dava por acaso com a imagem de uma urtiga e não podia deixar de pensar na crueldade otomana de certas urticáceas, que inventaram um sistema de torturas, com dardos, agulhas e alfinetes, prontos para cravarem-se, quando menos esperado, nas panturrilhas de uma menina correndo pelos campos. Ou então saía à janela e na peanha descobria um fungo e não podia deixar de pensar na indústria química de certos micófitos, secretando dia e noite venenos destinados a exterminar a espécie humana.

Para acalmar esses terrores, a srta. Pécsely descobriu um método bastante simples: beber água. Quando sentia uma fervura em sua mente e que suas ideias começavam a borbulhar, bebia um copo d'água gelada que baixava sua temperatura cerebral, produzindo instantaneamente uma sensação de alívio. Assim a srta. Pécsely começou a beber água desde que se levantava até a hora de dormir, o tempo todo, de maneira compulsiva, vários litros, para acalmar os temores que a assediavam sem trégua. Inclusive à noite, quando ia dormir, deixava uma jarra com água na mesinha de cabeceira, pois costumava acordar sobressaltada mais de uma vez por causa de algum pesadelo floral.

Como era de se esperar, essa ingestão excessiva de líquido alterou o funcionamento de seu organismo. Tudo que entra em algum momento tem que sair. Os sete litros de água ingeridos resultavam em seis litros de urina incolor, inodora, insípida. À compulsão de beber correspondia uma necessidade imperiosa de urinar. Os rins da srta. Pécsely tinham que trabalhar noite e dia, separando as substâncias tóxicas, como a ureia ou o amoníaco, das substâncias úteis, como a glicose e a albumina do soro. Esse excesso de atividade acabou arruinando ambos os órgãos por aquecimento. Ela começou a sentir pontadas na região lombar. Foi ver seu médico de confiança, o dr. Györ, um dos melhores clínicos húngaros da época.

O dr. Györ examinou detidamente sua paciente. Fez-lhe algumas perguntas. Apalpou-a, auscultou-a. Fez um exame de sangue, junto com umas radiografias.

– Você está com uma glândula funcionando mal.

– Qual?

– Não sei muito bem se é a suprarrenal ou a tireoide. Certamente o timo. Ou talvez a adeno-hipófise. Por que não o apêndice? Não tenho certeza. A única coisa que posso afirmar com um grau aceitável de certeza é que você está com um problema glandular.

– E as flores?

– Que flores?

– Como assim que flores!... As flores...

– Ah, as flores... Também são, sem sombra de dúvida, um problema glandular.

– E então?

– Aplique, estimada senhorita Pécsely, três vezes ao dia, uma injeção de extrato glicerinado multiglandular, à base de vísceras caprinas. Esse tratamento deve ser acompanhado por uma disciplina hídrica estrita. Os remédios não fazem tudo. À vontade de beber e urinar você deve opor uma contravontade. Se em dez dias os sintomas não desaparecerem, retorne.

A srta. Pécsely seguiu religiosamente as prescrições do dr. Györ. Enquanto Zsuzsanna Kuzska injetava três vezes por dia quarenta mililitros de extrato glicerinado multiglandular em uma nádega, ela se esforçava para beber e urinar com moderação. No início foi bastante difícil. A compulsão de beber e urinar era muito mais forte do que a respectiva contravontade. Mas a srta. Pécsely não desistiu. Depois de algum tempo, ela conseguiu domesticar sua sede e sua micção. Bebia apenas durante as refeições e urinava apenas ao acordar e ao se deitar. Pouco a pouco a urina foi voltando a ser a mesma de sempre: fraca, ambarina, ligeiramente amoniacal, com uma quantidade razoável de fosfato e urato de sódio.

O metabolismo da água recobrou seu antigo equilíbrio. Com o desaparecimento da sede e da micção compulsivas, desapareceram também seus temores florais. O tratamento havia sido um sucesso total.

E enquanto isso?

Enquanto isso a endocrinologia avançava a passos gigantescos. William B. Hardy utilizava pela primeira vez o termo *hormônio*, proposto por Ernest Starling. Jokichi Takamine e Thomas B. Aldrich conseguiam fabricar em laboratório umas poucas gotas de adrenalina. Addison descrevia o funcionamento da glândula suprarrenal.

Um dia, enquanto a srta. Pécsely caminhava despreocupadamente pela Váci Utca, olhando as vitrines em busca de um chapéu, ouviu duas vozes roucas que falavam atrás dela. Apurou o ouvido para escutar a conversa. Aquelas duas vozes estavam organizando para a semana seguinte, nos arredores do castelo de Gödöllő, um atentado contra o imperador, quando este saísse para caçar. Era um complô. Ela se virou discretamente e viu numa lojinha de flores duas tulipas, uma vermelha e uma branca. Ao perceberem que a srta. Pécsely as estava escutando, ficaram em silêncio. Muito astutas!

Ela voltou para casa com toda a pressa e ali se pôs a escrever uma carta ao imperador, advertindo-o do perigo que o espreitava. Mas depois de um tempo deu-se conta da inutilidade de tal missiva. A carta demoraria pelo menos uma semana para chegar a seu destino.

Era necessário ir diretamente ao palácio e denunciar o complô de viva voz. Com certeza o imperador não deixaria esse ato sem recompensa.

E foi o que ela fez.

A srta. Pécsely tomou o primeiro trem em direção a Viena, acompanhada por Zsuzsanna Kuzska. Quatro horas mais tarde elas se encontravam diante das portas do palácio imperial. Como era de se esperar, não recebeu nenhuma recompensa. Os soldados que guardavam a entrada não a deixaram passar.

A srta. Pécsely não se deu por vencida. Escreveu uma breve mensagem e a amarrou a uma pedra. Observou as janelas do palácio, uma por uma, tentando adivinhar qual delas correspondia aos aposentos do imperador, ou, melhor ainda, da imperatriz: as mulheres são muito mais receptivas a esse tipo de mensagem. Depois de algum tempo, encontrou-a e lançou a pedra, com uma pontaria perfeita, quebrando um dos vidros. Tendo tirado um peso tão terrível de seus ombros, a srta. Pécsely tomou um trem de volta para Budapeste com Zsuzsanna Kuzska. E aproveitaram para pedir um delicioso goulash no vagão-restaurante (carne macia, molho untuoso, creme, nhoque, uma pitada de páprica) e uma cerveja gelada.

Durante semanas esperou que o imperador ou, na falta dele, a imperatriz dessem sinal de vida. Mas o imperador e a imperatriz guardaram silêncio. Ela escreveu cartas que nunca obtiveram resposta. Solicitou entrevistas que nunca foram concedidas. Sentiu-se frustrada, para não dizer humilhada. Considerou que esse silêncio era mais uma afronta da monarquia austríaca contra a Hungria. Seu sangue começou a ferver com uma fúria anti-habsburguesa, que não era um bom sinal.

No dia seguinte, ao ler o jornal, descobriu que a imperatriz estava falando com ela por meio das manchetes da primeira página, nas entrelinhas, pedindo-lhe perdão pela demora em responder e agradecendo-lhe pelo que fizera por ela e pelo imperador. E mais: em letras menores pedia-lhe que tivesse a gentileza de mantê-la informada sobre qualquer conspiração floral. Certamente as flores não se dariam por vencidas tão facilmente. E tramariam outro atentado, mil vezes mais horrendo. Nos dias atuais era preciso ser muito prudente. Admirando seu extraordinário conhecimento do mundo vegetal, ela a nomeava sua Espiã para o Mundo das Flores.

A srta. Pécsely assumiu essa missão com um entusiasmo que deixou todo mundo muito inquieto. E não sem razão. O desequilíbrio emocional foi acompanhado por um desequilíbrio hídrico. Embora fosse inverno, a srta. Pécsely suava o tempo todo. Suava um suor morno, ligeiramente pigmentado, que lhe brotava das virilhas ou das axilas, das palmas dos pés ou das mãos. Como era de se esperar, sua urina ficou turva, viscosa, fétida. Como a contravontade de beber havia imposto seu ritmo àquele organismo, a srta. Pécsely bebia apenas uns goles de água durante as refeições. Por pouco não se desidrata. Zsuzsanna Kuzska mandou chamar o dr. Györ.

– Continuamos tendo aqui uma glândula que funciona mal. O apêndice, sem dúvida.

– O apêndice?

– Sim, o apêndice. É mais que provável. São conhecidos vários casos como o seu: apêndices que, complexados por sua inutilidade, querem tomar conta das funções que não lhe correspondem, por exemplo a função respiratória. Como é de se esperar, o organismo rejeita enfaticamente esse capricho. Como se não bastassem os dois pulmões, vai dar trabalho a órgãos que ainda por cima não apresentam as competências necessárias. Ferido no mais profundo de seu visceralismo, o apêndice trama então uma vingança. De apêndice ele se transforma em antiapêndice. De glândula, ele se transforma em antiglândula.

– E então?

– O melhor será interná-la, estimada senhorita Pécsely: abrir, observar e, se necessário, extirpar. Para que a paz volte a reinar em seu organismo. Fique tranquila. Estará nas melhores mãos de todo o Império Áustro-Húngaro.

A srta. Pécsely foi hospitalizada na policlínica Ignaz Philipp Semmelweis de Budapeste. Os cirurgiões abriram, observaram e descobriram um apêndice inflamado, que extirparam imediatamente.

A operação foi um sucesso total. A srta. Pécsely não apenas recuperou seu equilíbrio sudoríparo como também seu equilíbrio emotivo, esquecendo completamente a missão que a imperatriz havia lhe dado. Para evitar uma recaída, os médicos preferiram deixá-la em observação no setor pós-operatório, pavilhão de mulheres. Durante esse tempo, a srta. Pécsely, pedagoga infatigável, retomou suas atividades docentes, ensinando várias pacientes analfabetas a ler, inculcando-lhes a desconfiança pela metáfora floral.

Certa noite ela acordou por volta das duas horas da manhã. Alguém, nunca se soube quem, havia posto no vaso da mesinha de cabeceira, até então vazio, uma orquídea. Mais precisamente: uma orquídea negra. Entre um sonho e outro a srta. Pécsely havia percebido que a orquídea saíra de sua imobilidade, colocando para fora uma língua vermelha e bífida. E isso não foi tudo. Erguendo-se, a srta. Pécsely olhou a flor na penumbra e descobriu, não sem um calafrio, que a flor estava exalando ar envenenado.

– As palavras – gritou a srta. Pécsely, acordando todo mundo –, as palavras aniquilam tudo o que dizem. As metáforas são o selo do mal. O mal do reino vegetal. A orquídea. Esta orquídea negra.

As enfermeiras de plantão acudiram.

– Olhem esta orquídea com atenção – disse, desta vez em um sussurro e logo em seguida levantando o tom da voz –, por favor. Um minuto, não mais. E verão que não é minha imaginação. Observem com atenção esta flor e perceberão, depois de um minuto, movimentos imperceptíveis. As pétalas não estão inchando e desinchando ritmadamente? A orquídea respira, absorvendo oxigênio e exalando no seu lugar um gás sulfatado. Se eu não tivesse acordado a tempo, vocês teriam me encontrado morta. Morta por asfixia.

Uma das enfermeiras tentou fazê-la tomar um copo d'água com um poderoso sonífero, mas a srta. Pécsely cuspiu o sonífero e terminou derramando o copo d'água.

– Tirem essa orquídea daqui – uivou –, por favor. Ela deveria ser trancada num aquário, como uma serpente ou um escorpião. Ela deveria ser trancada numa jaula, como um malfeitor, e deveria ter suas pétalas e seus pistilos arrancados. Tirem-na da minha frente, eu já disse. Não me escutaram? Se eu não tivesse acordado a tempo, vocês teriam me encontrado morta. Morta por asfixia.

Não houve maneira de acalmá-la. Quatro enfermeiras tiveram que amarrá-la pelos pés e pelas mãos e injetar-lhe um narcótico que a fez dormir até o meio-dia do dia seguinte. Quando acordou, os médicos estavam em plena deliberação. Não sabiam o que fazer com a srta. Pécsely. Eles continuavam convencidos de que se tratava de um problema glandular. Mas já haviam feito o possível e o impossível. Se os resultados não eram satisfatórios, não era culpa deles, mas do estado atual da medicina. A endocrinologia era uma disciplina que estava dando seus primeiros passos. Há pouco Claude Bernard havia dito: "Temos uma ideia muito pobre do que é uma glândula". Era necessário esperar.

Não podiam fazer mais nada na policlínica Semmelweis. Como não fazia muito sentido manter a srta. Pécsely em observação, deram-lhe alta naquela mesma noite. E naquela mesma noite a srta. Pécsely tentou incendiar a Ilha Margarida.

Ao ser interrogada, Anasztazia Pécsely explicou as razões. Ao ir dormir, abrira as janelas de seu quarto para ventilá-lo. Mas em vez de ar, entravam vozes, misturadas a um perfume que dava vertigens. Eram as vozes das flores do jardim, que, sem perceber sua presença, conversavam inteiramente à vontade sobre a guerra clorofílica.

Depois de milhões de anos de submissão ao Reino Animal, as flores haviam decidido romper essas correntes. Há alguns dias havia começado a circular uma mensagem de flor em flor, escrita com pólen. Sem sabê-lo, pássaros e insetos trabalhavam estupidamente como carteiros, distribuindo uma carta que na verdade era sua própria sentença de morte. A mensagem dizia que todas as plantas do planeta deviam concordar em parar de fabricar clorofila, deixando de realizar a fotossíntese, deixando de produzir oxigênio. Uma semana sem fotossíntese seria suficiente para fazer o Reino Animal perecer. Desse modo, o Reino Vegetal voltaria a reinar, estendendo seu império sobre o planeta, como no início, há vários milhões de anos. Ou, melhor dizendo, com muito mais brios do que no início. Porque os milhões de cadáveres de animais e humanos em estado de decomposição seriam um excelente fertilizante. O valor vegetal da imobilidade triunfaria afinal sobre o valor animal do movimento. A srta. Pécsely quis evitar esse desastre.

As flores, que eram a parte mais inteligente do mundo vegetal, formavam uma milícia altamente hierarquizada. No nível mais baixo estavam as rosas, talvez as flores mais bonitas, mas também as mais bobas. No nível mais alto estavam os lírios, as flores mais brancas, certamente, mas também as mais cruéis. Era precisamente na Ilha Margarida que se encontrava o quartel-general do Reino Vegetal, presidido pelos lírios andrajosos que se haviam enfurecido com ela. Eles eram o cérebro maquiavélico do Reino Vegetal e haviam concebido o projeto de guerra clorofílica. Eram eles que haviam escrito a mensagem que convocava todas as flores à aniquilação da espécie humana e do Reino Animal, sem piedade. E eram eles que dariam o sinal. Bastava cortar a cabeça para que o monstro desmoronasse, pétala por pétala. E foi isso que a srta. Pécsely tentou fazer, fechando discretamente a janela e saindo para a rua, também com toda a discrição, para evitar que Zsuzsanna Kuzska se opusesse a seus planos.

Ela tomou um taxi até a Ilha Margarida. Já na ilha, foi por um caminho até o canteiro dos lírios. Ao avistá-los, respirou profundamente. Aproximou-se, acendeu um fósforo, lançou o fósforo sobre os lírios. Sem demora, tomou o caminho de volta, a toda velocidade, deixando às suas costas uma onda de uivos, insultos e rangidos. Sempre alertas, as forças de segurança florestal chegaram a tempo para apagar aquele princípio de incêndio. A srta. Pécsely foi presa por dano ao patrimônio público.

Os médicos legistas não tiveram dificuldade para diagnosticar um típico caso de piromania, provocado por um desequilíbrio glandular. Considerando que Anasztazia Pécsely era uma ameaça para a sociedade, pediram que ela fosse internada no hospital de Erzsébet até o fim de seus dias.

Durante anos a srta. Pécsely lutou para recuperar sua liberdade, escrevendo cartas ao imperador, à imperatriz, aos ministros, aos filósofos, aos naturalistas, a Zsuzsanna Kuzska. Nunca recebeu resposta. Ela escreveu ao papa, pensando que ao menos uma autoridade religiosa estaria a salvo dos erros que cegam os poderosos desse mundo. Estava enganada. Escreveu ao Dalai Lama, considerando que as religiões do Oriente estão muito mais próximas da verdade que as do Ocidente. Também estava enganada. Nunca recebeu resposta alguma.

Decidiu então escrever ao único leitor com a inteligência necessária para não sucumbir ao malefício das flores, que naturalmente era Deus. Mas o Deus da srta. Pécsely era um Deus à imagem e semelhança de um vegetal: um Deus Clorofílico, que se confundia com os bosques e a quem só interessava absorver a luz e a água, florescer na primavera e perder as folhas no outono.

Ela morreu aos setenta anos durante uma epidemia de gripe. No cemitério de Buda, seus restos descansam em paz, ainda que no Dia de Finados, sem saber o que está fazendo, uma anciã deixe sobre sua tumba um ramalhete de lírios brancos, um pouco murchos, abatidos, pretos.

O homem do último livro

Até os trinta e três anos de idade, a vida de Kresel foi absolutamente comum. E dizer absolutamente comum é dizer pouco.

Quando nasceu, não houve nenhum sinal especial nem no céu nem na terra nem no mar. Entre seus antepassados não havia nenhum santo, nenhum sábio, nenhum artista célebre. Sua família era normal, absolutamente normal. Seu pai era um simples pai e sua mãe, uma simples mãe.

Já havia várias gerações que nenhum de seus ancestrais sofria de doenças hereditárias, como a hemofilia, o daltonismo, a doença de Friedreich, a coreia de Huntington, a síndrome de Fissinger-Leroy-Reiter, nem sequer a miopia. Seu irmão mais velho foi um irmão totalmente normal e não como o de Albinus, o famoso anatomista, cujo ouvido se tornou tão sensível que ele não conseguia suportar o menor barulho. O canto de um pássaro, a queda de uma folha ou o espirro de uma menina bastavam para lhe causar convulsões. Sua irmã menor também era normal, não como a de Giacomo Leopardi, que um dia se levantou certa de que era um selo. E que morreu com essa ideia.

A infância de Kresel não apresentava nenhum dos traços fora do comum que costumam aparecer, desde o início, na vida dos homens de gênio. Ele não foi como Carl Friedrich Gauss, que aprendeu a contar antes de aprender a falar e que, aos quatro anos, ao tomar banho, explicou à sua mãe o teorema de Arquimedes. Nem muito menos como Toscanini, que aos seis anos já era capaz de tocar uma sinfonia de cor, depois de ter dado uma simples olhada na partitura. Nem como Goethe, que aos nove anos aprendeu a ler e escrever em francês, depois de ler um dicionário e uma gramática.

Ele não era genial, mas também não era imbecil. Para dizer a verdade, Kresel foi um menino comum, que ao nascer pesava três quilos e meio e media cinquenta centímetros; que aos dois meses começou a sorrir; que aos cinco meses teve seu primeiro dente; que aos catorze meses começou a caminhar; que aos dois anos começou a construir as primeiras frases e que aos três começou a elaborar suas primeiras teorias sexuais.

Recebeu uma educação normal, em uma escola normal, com professores e colegas de classe normais. Para educá-lo, sua mãe não utilizou nenhum dos engenhosos aparatos ortopédicos, como a máquina de comer com as costas retas e sem levantar os cotovelos, inventada por Moritz Schreber. Não teve a felicidade de Alexandre, que aprendeu os rudimentos das letras e das ciências da boca do próprio Aristóteles. Nem teve a sorte de Schelling, de ficar amigo em um internato de Tübingen de dois amigos fora do comum, como Hegel e Hölderlin.

Na adolescência nunca se sobressaiu em nada. Não era bem-apessoado. Mas também não era desses indivíduos de uma feiura excepcional, como Paganini, que, além de ter as pernas tortas e ser raquítico, ficou careca aos quinze anos. Nem como Søren Kierkegaard, que tinha uma corcunda. E tampouco como Joyce, que tinha um olho de vidro.

Teve uma vida sexual moderada, por momentos parcimoniosa, perfeitamente normal. Não foi como Baudelaire, que só se sentia atraído pelas mulheres monstruosas e que para se sentir excitado com uma mulher comum precisava imaginá-la transformada em carniça. Nem foi esse tipo de solteiro virginal como Kafka, que por toda sua vida preferiu uma carta a um corpo de mulher. Nem sequer se sentiu atraído pelos marinheiros, como Melville. Muito menos se dedicou a esquartejar crianças, como Gilles de Rais.

Não.

Nada disso.

Perdeu a virgindade somente aos vinte e seis anos, com sua recém-oficializada esposa, entre lençóis limpos, na noite de núpcias. Ao se casar, recebeu uma pequena fortuna como dote, com a qual comprou um armazém para se consagrar, desde as nove da manhã até as seis da tarde, à venda de verduras no varejo.

Como era de se esperar, seu armazém era dos mais normais. Poderia ter vendido frutas tropicais, cheias de cores e nomes estranhos, em um mercado animado pelo pulsar de mãos, pés e olhos: diamante dos abacaxis, perfume do melão da Índia, framboesas repetidas até o mar. Mas não. Ele começou a vender as verduras mais amarronzadas do Reino Vegetal: batatas e cebolas.

Pois bem, no dia de seu aniversário, quando fez trinta e três anos, houve um acidente que deixaria a porta aberta para uma cascata de acidentes que mudariam para sempre a vida de Kresel. Enquanto estava abrindo sua loja, percebeu que o distribuidor havia deixado, por engano, junto com o caixote de batatas, uma caixa de maçãs verdes. Em vez de devolvê-las, decidiu vendê-las.

Sem saber o que estava fazendo, tirou as maçãs, uma por uma, desenrolando o papel roxo que as protegia, e as acomodou numa pirâmide. Ao coroar a ponta, a última maçã perdeu o equilíbrio e caiu, estatelando-se no chão. Como não podia vender a seus clientes uma maçã machucada, Kresel lhe deu uma mordida, irrefletidamente, sem lavá-la. Com esse gesto tão comum, Kresel se precipitou no mundo do extraordinário.

A abundância de germes que podem ser encontrados nas frutas, especialmente quando estiveram em contato com a terra, o esterco ou a poeira da rua, obriga a não comê-las a não ser depois de terem sido lavadas cuidadosamente. A casca daquela maçã exatamente havia sido contaminada pelos dejetos de um cachorro infestado por uma tênia equinococo. A maçã chegou sem grandes dificuldades ao estômago e os sucos gástricos dissolveram a casca do ovo, deixando em liberdade um embrião, cego e pelado. O embrião se deixou levar pela papinha gástrica até o duodeno.

Ali ele se prendeu à parede intestinal com um gancho. E começaram as perfurações.

Kresel, que estava festejando seu aniversário, rodeado pelo afeto de sua família e amigos, sentiu logo uma terrível pontada no abdômen. Seu corpo foi dor e nada mais que dor, concentrada em um ponto de suas vísceras: ali onde o verme perfurava com seu gancho.

Deixou cair a taça de vinho. Sentou-se. Uivou. Ficou de pé. Voltou a uivar. Era verdadeiramente horrível. Horrível, horrível, horrível. Nada conseguia acalmar a dor. Sua mulher o conduziu até o quarto. Sem perda de tempo, chamaram o *SOS médico de plantão*. O médico não demorou a chegar. Achando que Kresel sofria de uma intoxicação alcoólica, simples e corriqueira, lhe receitou umas pastilhas de bicarbonato de sódio.

As pastilhas de bicarbonato de sódio não produziram alívio algum. Depois de abrir uma brecha na parede intestinal, a tênia se pôs a nadar pela corrente sanguínea, cantarolando, como uma sereia pálida e filiforme, sem cabelos, seios ou escamas. Em vez de subir pela veia mesentérica até a veia porta e de lá, dobrando à direita, tomar a veia hepática até desembarcar no fígado, ligeiramente atordoada pelo bicarbonato de sódio, que produz um efeito narcótico nos vermes, a tênia errou o caminho e terminou encalhada nas praias da próstata.

A partir desse momento, Kresel começou a ter dificuldades para urinar. Demorava alguns minutos para começar. E quando, depois de esforços extenuantes, o esfíncter urinário por fim se abria, só conseguia eliminar duas tristes gotas, em um jorro sem força, que o deixava com mais vontade de esvaziar a bexiga do que antes. O pior de tudo era que, uma vez terminada a micção, a uretra deixava escapar algumas gotas atrasadas, que manchavam sua cueca.

E isso não foi tudo.

Certa manhã, ao se levantar, sentiu uma dor terrível. Alguns minutos depois urinou um jorro ligeiramente sanguinolento, com uma pedra. Kresel gritou, com um grito que saía não da boca e sim da uretra. Por pouco não desmaia. E não era para menos. Para poder suportar uma dor daquelas, fora necessário dividi-la em uma multidão de dores e reparti-las ao longo do corpo e do tempo. Mas se tratava de uma dor única, compacta, indivisível, que concentrava todo o seu peso em um só ponto e instante. Quer dizer: insuportável.

A família chamou outro médico, que uns amigos haviam recomendado, o dr. Kregel. O dr. Kregel admitiu que o quadro que o paciente apresentava excedia a simples intoxicação alcoólica.

– Caro senhor Kresel, temo que haja aqui, em alguma região do sistema urinário, um cálculo nefrítico à deriva.

– Um cálculo nefrítico à deriva?

– Sim: um cálculo nefrítico à deriva. Mas não se assuste. É impossível saber, sem outros exames, se se trata de um cálculo formado por ácido úrico, oxalato de cálcio ou fosfato amoníaco magnesiano. Em todo caso, não deixe de aplicar cataplasmas de farinha de linhaça laudanizada sobre o abdômen, supositórios com beladona e extrato tebaico, banhos de imersão a trinta e seis graus. Se as dores persistirem, utilize esta ampola de morfina. É imprescindível seguir uma dieta de legumes e frutas, sem carne. Os temperos estão absolutamente proibidos. Boa noite.

Kresel seguiu escrupulosamente as indicações do médico. Mas de nada lhe serviu. O tratamento prescrito era eficaz contra as pedras, não contra as tênias. E mais: o regime de legumes e frutas acelerou seu crescimento. Ao fim de algumas semanas a tênia havia se transformado em um belo verme, olhos de cor verde-água, grande e delgado, que, programado geneticamente para viver em um órgão espaçoso como o fígado, só enroscada cabia na próstata. À tênia não restava outro remédio senão esticar-se, perfurando com seu gancho a parede prostática e passando para a víscera mais próxima de seu domicílio, que era a bexiga. A pedra, a suposta pedra que Kresel havia expelido, não era nada mais que um pedaço aglomerado de verme.

Da bexiga e sem deixar a próstata, passou para o rim. Do rim, sem deixar a bexiga e a próstata, passou para o fígado. Desse modo, um fio finíssimo foi colocando em relação órgão com órgão, músculo com músculo, osso com osso. O corpo de Kresel pôde contar, depois de tantos anos na lista de espera, com sua própria linha telefônica, não de cobre, mas de verme.

Os órgãos aproveitaram para fazer ligações de curta e de longa distância. O primeiro a atender foi o cérebro, que recebeu uma ligação do cerebelo. A glândula salivar tomou coragem e ligou para a glândula lacrimal. O músculo esternocleidomastóideo ligou para a veia safena.

O chefe desse novo corpo era a próstata, que assumiu suas funções de central telefônica com grande eficácia. Não parava um só instante. Assim que desligava com os testículos, já estava ligando para a glândula tireoide, e, assim que terminava a ligação com a glândula tireoide, começava a bater papo com os gânglios linfáticos. A informação circulava de maneira quase instantânea. Espalhavam-se os rumores mais variados. O bulbo raquidiano bebia mais que o devido. Os pulmões estavam profundamente deprimidos porque até então não haviam recebido nenhuma ligação. Os sisos se divorciaram por maltrato conjugal. O fígado ligou para o pâncreas para insultá-lo e ameaçá-lo, por causa de um obscuro negócio de tráfico de hormônios.

Kresel era um puro bulício de vísceras.

Preocupada, a família voltou a chamar o dr. Kregel. Alarmado, o dr. Kregel chamou uma ambulância. A ambulância levou Kresel até o Hospital das Clínicas. Kresel foi internado no setor de urologia. Ao ver o tamanho desmesurado da próstata, os médicos pensaram em câncer. E ordenaram a sua extirpação.

Que ninguém os culpe.

Eles tinham que ter feito uma vermescopia. Mas o hospital onde Kresel havia sido internado não possuía um vermoscópio, por culpa de um corte de verbas. Sem vermoscópio era impossível estabelecer um diagnóstico adequado.

Na sala de operações, quando o cirurgião afundou o escalpelo e abriu a carne, separando os músculos e o tecido adiposo, evitando tocar nos nervos responsáveis pela ereção e pela micção, deparou-se com um espetáculo anatomicamente inusitado. Os órgãos estavam cobertos por uma espécie de teia de aranha. Seria um tipo de fungo anaeróbico? Apenas as análises laboratoriais poderiam responder essa pergunta.

O cirurgião começou a seccionar esses fios até dar com uma próstata descomunalmente inflamada, que ele não vacilou em amputar, com um golpe seco. A próstata caiu como a cabeça de uma rainha cerceada pela guilhotina. E como um dragão atravessado pela espada de um arcanjo, a tênia lançou seu bramido de morte.

Kresel foi transferido para o setor pós-operatório e conectado a uma sonda urinária. Ele teria várias semanas de convalescênça no hospital. Teria de esperar que as suturas se fechassem. Que os nervos e músculos recobrassem o antigo vigor. Que o organismo recuperasse uma vida urinária e sexual normal, completamente normal. Ele precisava descansar. E aproveitar o tempo livre para meditar.

É preciso explicar que Kresel se encontrava em um setor de urologia experimental. Em quase todos os setores de urologia do mundo, as enfermeiras costumam pôr para dormir os pacientes que acabaram de passar por uma cirurgia com algum narcótico, para que, queixando-se o menos possível, também lhes deem o menor trabalho possível. O setor de urologia onde Kresel havia sido hospitalizado era, nesse sentido, um serviço excepcional. Os funcionários achavam escandalosa essa maneira de tratar os pacientes. À dor não se deve dar as costas, diziam as enfermeiras, e os enfermeiros diziam: devemos olhar a dor fixamente, como as águias olham o sol. As dores do corpo, diziam os médicos, têm o poder de nos revelar o enigma do mundo, como as grandes tribulações do espírito. E os anestesistas consentiam.

Por isso, em vez de administrar algum sonífero poderoso, capaz de adormecer um elefante, ou de enfiar-lhes uma televisão no quarto para que enchessem a cabeça com as vozes dos noticiários, telenovelas e jogos de perguntas e respostas valendo um milhão, o setor de urologia onde Kresel havia sido internado propunha aos pacientes uma gama variada de atividades de reflexão sobre a dor, que incluía conferências, debates, testemunhos, apresentação de casos e, como era natural, uma oficina de escrita autobiográfica.

A oficina era dirigida pela srta. Krequel, autora de um best-seller sobre seu câncer de mama, felizmente amputado, sem metástase, substituído por uma prótese que era uma verdadeira maravilha da ortopedia e, como tal, caríssima. Como um best-seller só não basta para pagar esse tipo de intervenção cirúrgica (não apenas porque os editores ficam com noventa por cento dos lucros, mas também porque, depois da última reforma, a Seguridade Social se recusava a reembolsar esse tipo de prótese) e como para escrever um segundo livro que também fosse um sucesso de vendas era necessário ter alguma outra doença que comovesse o público (o que não era o caso), a srta. Krequel se viu obrigada a dirigir uma oficina de escrita no mesmo hospital onde havia sido operada, para terminar de pagar a conta.

Toda manhã, ao terminar a visita médica, a srta. Krequel percorria o setor de urologia, indo de quarto em quarto, como uma abelha vai de flor em flor, passando com a mesma soltura e graça, de um Rim Flutuante a uma Nefrocalcinose, de uma Nefrose Lipoide a uma Hipertrofia Benigna de Próstata. Quando as enfermeiras do setor lhe disseram que acabara de dar entrada, no quarto número 383, uma nova Prostatectomia, ela fez uma careta de desgosto.

– As Prostatectomias – disse a srta. Krequel – são de longe uma das afecções mais recalcitrantes de toda a urologia, para não dizer de toda a medicina. Como em tantas outras síndromes, há um retorno à infância. Mas o que na criança é sangue e linfa circulando impetuosamente, sem os escolhos do passado e ossos esponjosos que ainda não têm forma definida, e que por isso mesmo podem adotar todas as formas possíveis, na Prostatectomia se torna coágulo, pedra, tumor. Ou então tudo endurece. Ou então tudo se inflama e se torna líquido, pegajoso. Por suas complicações pós-operatórias de incontinência e detumescência, na Prostatectomia há como música de fundo um queixume de vaca descalcificada, soando o tempo todo, sem nenhum respeito pelos outros. Meu Deus! Como se o enigma da vida se reduzisse a um fluido que, em seu devido tempo, deve ser retido ou expulso.

Mas Kresel não era uma Prostatectomia como as outras. Desde o primeiro dia, a srta. Krequel não conseguiu deixar de se afeiçoar. Enquanto ela despachava o resto dos pacientes com duas ou três instruções para escrever um relato breve, de não mais de dez linhas, sobre uma recordação de infância, ela ensinava a Kresel a arte de narrar a própria vida, explicando-lhe como começar cativando o leitor desde as primeiras linhas, como fazer da memória um manancial da imaginação, como manejar as técnicas da descrição e do diálogo. E enquanto ela lia com um profundo enfado, para não dizer desdém, o que o resto dos pacientes produzia, devorava a menor palavra que brotasse da pena de Kresel. E enquanto dedicava aos outros pacientes apenas os quinze minutos regulamentares, com Kresel se esquecia do tempo e se punha a conversar, olhando pela janela que dava para um jardim de acácias, passando sem perceber dos problemas colocados pela prática da escrita autobiográfica em um meio hospitalar para questões mais pessoais, como a história de suas vidas, sacudidas em algum momento pela doença.

– Kresel – disse a srta. Krequel –, há um material excepcional aí. Comece o mais rápido possível, sem perder tempo, escrevendo tudo, absolutamente tudo o que você me contou, sem deixar de lado nenhum detalhe. Largue todo esse peso que você carrega dentro de si e que lhe causa tanta dor, sem se conter. Já tenho o título do livro: *Uma Prostatectomia que desafia todos os manuais de urologia*. Você percebe? Será com toda certeza um sucesso de vendas. Nas sociedades industrializadas, setenta por cento dos homens com mais de sessenta anos sofrem de alguma enfermidade da próstata.

Kresel seguiu as instruções da srta. Krequel ao pé da letra. Chamou a enfermeira para pedir-lhe não um copo d'água, mas um caderno. Pôs-se a escrever, expulsando um jorro de escrita límpida e espumosa, parando apenas por algumas horas para comer ou dormir, quando os dedos ficavam com câimbra, as pálpebras se fechavam e o abdômen se punha a gorgolejar, diante do semblante preocupado da enfermeira, que temia, não sem razão, alguma complicação. Mas dessa vez não houve complicações. Pelo contrário. Depois de algum tempo Kresel entregou à srta. Krequel o caderno que contava a história de sua doença.

Ele esperou por seus comentários no dia seguinte não sem ansiedade, mal tocando no jantar. Tomou um sonífero, mas acordou no meio da noite com os gemidos de gamo preso entre os espinhos de um caso de Transplante Renal que agonizava no quarto contíguo. Certamente, pensou Kresel, a srta. Krequel também está passando a noite em claro, lendo o que escrevi, percorrendo com seu olhar meu caderno. A mesma insônia nos reúne. Flutuamos na mesma água, como uma sensação dentro de uma sensação.

Mas no dia seguinte a srta. Krequel não apareceu. E no outro dia também não. E no dia seguinte, a mesma coisa. Foi assim durante uma semana. Kresel temeu pelo pior. Que ela havia sida atropelada por um carro. Que a haviam sequestrado. Que haviam descoberto um resto de câncer que havia se expandido por todo o organismo por via ganglionar. Depois de uma semana de ausência e de silêncio sobre essa ausência ele não suportou mais e perguntou à enfermeira sobre o que havia ocorrido.

– Oh, nada de ruim. A senhorita Krequel simplesmente pediu transferência para o setor de hepatogastroenterologia.

Kresel sentiu uma maré de dor que subia pela garganta e o asfixiava. Uma dor de uma nova espécie, muito mais pungente do que a de uma cirurgia.

Certamente, pensou, naquele mesmo instante toda a sua atenção e todos os seus cuidados estariam sendo transferidos a uma Estenose do Piloro, uma Colite Mucomembranosa ou uma vulgar Apendicite. Só de pensar lhe dava vontade de pular pela janela. Ele teria dado todo o ouro do mundo para estar hospitalizado no setor de hepatogastroenterologia. Como são inconstantes as Mastectomias!

Mas havia uma coisa que ele não conseguia entender. A srta. Krequel não lhe avisara nada. Nem sequer tivera a gentileza de vir se despedir. Nem muito menos de lhe devolver o caderno. Com toda certeza ela não gostou do que ele havia escrito e não se atreveu a dizê-lo. Como são covardes as Mastectomias!

Uma dúvida o assaltou. E se a srta. Krequel publicasse seu manuscrito com um pseudônimo masculino para ganhar o dinheiro que ele estava destinado a ganhar? E se a amizade que ela demonstrara tivesse sido apenas um estratagema vil para roubar-lhe a história de sua doença? As Mastectomias são capazes das piores traições.

Essa era a verdade!

O sangue começou a lhe ferver nas veias. Os seus pontos começaram a coçar. Sentiu uma ardência na bexiga. Não pôde evitar urinar. Teve de chamar a enfermeira para que lhe trocasse as fraldas.

Ele precisava fazer alguma coisa, e rápido, antes que fosse tarde demais, antes que a srta. Krequel depositasse seu manuscrito no Registro de Propriedade Intelectual, antes que chamasse seu editor para propôr

Uma Prostatectomia que desafia todos os manuais de urologia, antes que assinasse o contrato, antes que o livro fosse distribuído nas melhores livrarias do país. Ele precisava tramar uma vingança. Impedir que aquela Mastectomia, ladra de doenças alheias, se desse bem, à sua custa.

Mas o quê? O que podia fazer um homem prostrado na cama do hospital, incontinente como um recém-nascido, com uma sonda urinária e uma garrafa de soro que pendia sobre sua cabeça como uma espada de Dâmocles? Queixar-se ao diretor de pessoal? Chamar um advogado e iniciar um processo por roubo de doença? Pedir ajuda a alguma Liga de Luta contra Doenças do Sistema Urogenital? Não. Nada disso. Ele tinha que ser muito mais prático. Não restava outra alternativa além de desconectar-se, arrastar-se naquela mesma noite até o setor de hepatogastroenterologia, esperar pela srta. Krequel e, quando ela aparecesse pela manhã, liquidá-la cravando uma seringa em sua nuca. Mas teria as forças necessárias? Claro que não.

Então, subitamente, de maneira inexplicável, vindo do nada, lhe ocorreu uma ideia extraordinária, provavelmente a ideia mais extraordinária que tenha sido concebida ao alcance de seus pobres ossos, de seus pobres músculos, de seus pobres nervos. Se ele não podia suprimir diretamente a ladra, ao menos podia consolar-se destruindo o objeto roubado. Se não podia eliminar o agente, ao menos podia aniquilar o produto e a ação. Concretamente, Kresel se propôs a assassinar a literatura. Isso mesmo: assassinar a literatura. Assassinar a literatura?

Assassinar um vizinho, sua mãe, o rei ou uma estrela de cinema é um ato lamentável - ninguém irá negar -, mas no fundo fácil demais e ao alcance de qualquer um. Basta um pouco de sangue-frio para puxar o gatilho de uma arma, enrolar um arame ao redor do pescoço, empurrar um corpo da sacada do vigésimo andar, polvilhar uma taça de vinho com arsênico.

Mas para assassinar a literatura era preciso mais do que um pouco de sangue-frio. Era preciso encontrar algo mais cortante do que uma navalha, algo mais perfurante do que uma bala, algo mais vertiginoso do que um veneno. Era preciso inventar um micróbio que se infiltrasse no corpo da literatura por algum orifício a fim de corromper o sistema nervoso central e periférico. Esse micróbio era o último livro: o livro que produziria nos homens de letras uma paralisia geral progressiva.

A inescrupulosa srta. Krequel, pensou Kresel, poderia publicar, se bem quisesse, a história de sua doença e, se bem quisesse também, a de outras doenças, roubadas de outros pacientes. Já não haveria nenhum perigo, pois a partir desse momento ninguém mais poderia voltar a ler ou a escrever como antes. Por certo, livros poderiam ser publicados, livros e mais livros até enterrar o mundo. Mas esses livros seriam os cabelos ou as unhas que continuam a crescer em um morto.

A literatura seria decididamente uma coisa do passado, para o bem ou para o mal. Depois do aparecimento do último livro, iriam se extinguir indefectivelmente os escritores, os leitores, as gráficas, as bibliotecas, os críticos, as livrarias, as distribuidoras. Até os jornalistas culturais. Então não restaria mais nada. Absolutamente nada. A não ser o cadáver da literatura, com o ventre inchado, coberto de moscas.

É curioso. Agora que estou pensando, no mundo ocidental sempre houve uma estreita relação entre maçãs e acontecimentos extraordinários. O destino da humanidade mudou quando Eva mordeu uma maçã – uma maçã vermelha – e fez do ar o espelho de si mesma, de seus filhos e de suas filhas. E o destino da humanidade voltou a mudar, milênios mais tarde, quando Isaac Newton, ao ver cair uma maçã – desta vez uma maçã amarela –, descobriu que em nosso mundo tudo caía. E o destino da humanidade voltou a mudar, séculos mais tarde, pela terceira vez consecutiva, quando Kresel mordeu uma maçã contaminada – como disse, uma maçã verde –, engolindo um ovo de tênia que o levou a escrever, sob o influxo de um desarranjo fisiológico, o último livro.

Produzir uma paralisia nos homens de letras não era uma tarefa difícil. A natureza desse tipo de indivíduo é sumamente sugestionável. A essa altura espero que não seja necessário demonstrar nem dar exemplos. Não há nada mais fácil do que deixar em migalhas o sistema nervoso de um escritor. Bastava anunciar em algum suplemento literário de grande circulação que o último livro já estava escrito (ou, melhor ainda: que alguém começara a escrever o último livro) para que todos os homens de letras, sem exceção, adoecessem.

Milhões de escritores das grandes cidades e outros tantos milhões saídos de suas províncias correriam a galope para os consultórios, hospitais, dispensários, até mesmo aos últimos leprosários que ainda existem na Índia. Os médicos não poderiam conter tal avalanche de enxaquecas, perdas de memória, transtornos da fala, paralisias oculares, cegueiras, paraplexias, tabes, delírio, neurastenia, demência. Faltariam leitos, cobertores, travesseiros. A campainha para chamar as enfermeiras soaria infernalmente. As enfermeiras não dariam conta de fazer as punções lombares, aplicar as injeções, tomar a temperatura retal. Os enfermeiros não teriam força para empurrar as macas com inumeráveis corpos de homens de letras supurando, babando, mijando nas calças. Seria sem dúvida o pior fracasso da história da medicina, a ferida por onde se dessangraria: não ter conseguido salvar a tempo o corpo da literatura.

Apontando o lápis, Kresel se entregou a essa empreitada de destruição, saboreando de antemão a vitória. Começou a escrever o último livro, seguindo uma das tantas regras que a srta. Krequel lhe havia ensinado: escrever respeitando uma ordem, começando pelo início, seguindo pelo meio e terminando pelo final. Assim não se perde tempo com recomposições.

O mais difícil era achar o início. Para encontrar a primeira frase, Spinoza cravava os olhos no sol, até ficar com uma terrível enxaqueca. Nietzsche precisava tomar banho em um lago congelado. Tolstói aspirava o cheiro de uma maçã podre. E Michelet precisava ir ao banheiro, não para satisfazer suas necessidades fisiológicas, mas para comer uma mosca.

Kresel não ficou quebrando a cabeça e se contentou em escrever "Era uma vez", deixando-se levar pelo impulso. As palavras foram caindo sobre a folha, uma depois da outra, na ordem necessária, sem vacilação, emanando sem rasuras das próprias falanges, tendões e nervos da linguagem.

Assim ele foi enchendo cadernos e consumindo lápis, com um jorro ácido e venenoso de escrita, parando apenas por algumas horas, para comer e dormir, quando os dedos queimavam, as pálpebras ardiam e ele sentia pontadas na bexiga.

Durante todo esse tempo ele não leu nenhum livro, a não ser, seguindo o conselho da srta. Krequel, um dicionário de bolso, que para Kresel não era um livro. Para escrever o último livro, o livro que terminaria de uma vez por todas e para sempre com os livros, não era necessário um cúmplice. Para quem pretende cometer um assassinato, o consentimento da vítima é insuportável.

Durante algumas semanas correu tudo às mil maravilhas.

Mas quando estava a ponto de pôr o ponto final e fechar o caderno e passar a alguma outra coisa mais divertida, porque essa história começava a aborrecê-lo, percebeu que faltava a última palavra do último livro.

Pensou em escrever "próstata". E escreveu "próstata". Mas se deu conta de que não era a última palavra. E riscou-a. Experimentou outras que conhecia muito bem e que soavam muito bem, como "mama". Mas essa também não era a última palavra e ele também a riscou. Tentou outras palavras, um pouco mais sofisticadas: "Adenomectomia transvesical", "Adenomectomia retropúbica", "Mastite carcinomatosa". Mas o resultado foi o mesmo. Ficou nisso por algumas horas, escrevendo e riscando palavras, sem encontrar. Nenhuma das palavras que lhe ocorriam encaixava.

Ao chegar a noite, tremia. Seus nervos tinham se transformado em frangalhos. Não conseguia dormir. E quando o sol nasceu, percebeu que havia em sua mente um eclipse total de palavras e que no mundo já não havia sons, mas um silêncio glacial, como se todos os humanos tivessem deixado de falar e os cachorros tivessem deixado de latir. Como se o vento tivesse deixado de mexer as folhas das árvores e as águas dos rios e dos mares tivessem congelado. Como se ele tivesse ficado surdo. Mas ele não estava surdo. Ele podia ouvir perfeitamente os barulhos do seu ventre. A enfermeira lhe trouxe a bandeja com o café da manhã.

Durante dias experimentou as diferentes palavras que lhe foram ocorrendo, como quem experimenta sapatos em um pé até dar com o pé que cabe direito no sapato, sem um milímetro a mais ou a menos. O problema era que o referido pé era informe, desossado, com cem dedos e cem unhas, de todos os tamanhos, crescendo em todas as direções. Mais que um pé, um ouriço. Ou mais que um ouriço, uma medusa. Ou, melhor dizendo: um ouriço que era ao mesmo tempo uma medusa. Não existia nenhum sapato que coubesse em um pé assim. Não era possível encontrar a tal palavra. Palavra que escrevia, palavra que riscava. E encheu cadernos e gastou lápis, sem encontrá-la. Sem dúvida alguma, a linguagem havia esgotado suas possibilidades de uma palavra antes de terminar o último livro.

Kresel recorreu a palavras inventadas, a onomatopeias que reproduziam o murmúrio das vísceras, tais como "glu-glu", "tique-taque", "psssss", sempre com o mesmo resultado: nada.

A única solução era esquecer aquele projeto, afinal completamente disparatado. Ele tentou se tornar um homem normal, como antes, com ideias e projetos normais. Ignorava que é muito mais fácil passar de uma vida comum para uma vida extraordinária do que deixar de ser um homem excepcional para se transformar em um homem comum e corriqueiro, que se levanta, toma café e vai trabalhar.

Ele morreu assim: cantando a canção do Infinito em um galinheiro.

Os médicos nunca entenderam quais haviam sido as causas desse óbito. A família se aproveitou do enigma para vender o cadáver à ciência, a fim de financiar os gastos do funeral.

No anfiteatro anatômico, durante a autópsia, quando o médico legista trepanou o crânio de Kresel e extraiu o encéfalo, ouviu-se um murmúrio entre os presentes. Ali, onde deveria haver um cérebro, havia uma alface, na qual entravam e saíam, com movimentos ondulatórios, centenas de larvas.

O homem do bordel

– Toc.

O dr. Van Janssen abriu os olhos e olhou o relógio. Eram duas da manhã.

– Toc toc.

Levantou-se e acendeu a lâmpada.

– Toc toc toc.

Vestiu um roupão. Ao abrir a porta, deu de cara com Madame de Chastenay, que lhe pediu que fosse o mais rápido possível a sua casa. Seu filho se achava em um estado que a senhora não hesitou em classificar de alarmante.

E com razão.

Monsieur de Chastenay, que até há pouco gozara de perfeita saúde, havia sofrido um ataque de paralisia. Não tão súbito, para dizer a verdade. Há anos sofria de enxaquecas e de pontadas fulgurantes nas articulações que nenhum analgésico conseguia aliviar. Agora, depois do ataque, perdera o movimento dos membros. Não movia nem mesmo os dedos.

O dr. Van Janssen examinou com atenção Monsieur de Chastenay e descobriu uma carnosidade vermelha na região parietal que o couro cabeludo mal conseguia ocultar: uma crista. Despiu-o. No lugar dos pelos, tinha penas. O dr. Van Janssen comprovou que todo o esqueleto havia amolecido. Era possível torcer, em todos os sentidos e com toda facilidade, os braços, as pernas, o pescoço. Monsieur de Chastenay parecia ter um corpo desossado, feito de gelatina.

Pobre fantoche!

Intuindo qual podia ser a origem do mal, o dr. Van Janssen questionou Monsieur de Chastenay. Sem vacilar, fez abertamente a pergunta. Sim, claro que sim. Monsieur de Chastenay tivera uma breve estadia em Paris. Não era necessária a reação de Wassermann, nem sequer uma punção lombar, para estabelecer o diagnóstico de *morbo galicus*.

- *Morbo galicus*?

- Sim: *morbo galicus*.

Essas palavras na boca (agora torta) de Monsieur de Chastenay não podiam deixar de surpreender. E não era para menos. Monsieur de Chastenay havia levado até então uma vida muito séria e desinfetada, absorvida inteiramente pela ciência, sem nenhum resquício onde pudesse se imiscuir aquele mundo de sujeira e abjeção, em geral associado a esse tipo de doenças.

Ele nascera em Liège. Sua infância havia sido uma das mais higiênicas de todo o reino da Bélgica, com uma alimentação equilibrada, nove horas de sono religiosamente respeitadas, um banho semanal, troca de roupas de baixo todos os dias e muito ar puro. Sua mãe fizera o possível e o impossível para mantê-lo longe das más companhias.

- A mosca doméstica - dizia Madame de Chastenay - nasce nas imundices, nas carniças, nas latrinas. Dali vai e vem, a cada instante, e passeia por toda parte. Onde quer que pouse semeia germes que produzem pestes, febres, tabes. As moscas visitam com prazer os quartos dos doentes. Caminham por cima dos excrementos dos diftéricos. Remexem o catarro dos tuberculosos. Beijam com suas trombas as chagas dos leprosos. Quanto maior for a distância entre uma criança e uma mosca, menor o risco de doença infecciosa.

E quanta razão ela tinha.

Longe das moscas, Nicolás cresceu forte e viçoso, ligeiramente rechonchudo. Viveu até os seis anos no Éden de uma infância sem germes, sem conhecer doença alguma. Nem sequer um resfriado. Nem sequer uma angina. Nem sequer um desarranjo intestinal. Nada. Absolutamente nada. Até os seis anos.

Porque um dia, aos seis anos, Nicolás amanheceu com febre. Quando Madame de Chastenay o examinou, descobriu, não sem horror, um inchaço tremebundo da região parótida, que lhe conferia um aspecto monstruoso. Caxumba! Tinha caxumba! Nada mais e nada menos que caxumba. Madame de Chastenay o proibiu terminantemente de sair da cama. Se Nicolás se levantasse, a caxumba poderia descer das glândulas salivares para as gônadas, com risco de atrofia testicular. Era necessário repouso absoluto. Nicolás teve que se resignar a passar três semanas de cama. Para que o repouso forçado fosse mais ameno, Madame de Chastenay deu a ele um telescópio de presente.

– O céu – dizia ela – é um dos poucos lugares a salvo de germes que restam neste mundo. Na terra pululam milhões e milhões de micróbios, a grande maioria maléficos, fatais, traiçoeiros. Formigam nas profundidades da terra. Ao rés do chão. Em volta de nossas fossas nasais. Até na atmosfera, até os dez mil metros de altura, resistindo ao frio e aos raios ultravioleta. Por sorte, no vazio sideral não existem as condições necessárias para aquelas vidas minúsculas que destroem, às vezes com tanta fúria, a vida.

O telescópio foi uma verdadeira revelação. Sem se mexer da cama e sem risco de agravar sua doença com uma orquite, Nicolás de Chastenay, que tinha uns testículos pequenos e prematuramente enrugados como duas uvas-passas, podia observar a Lua, a luz do amanhecer, Marte e Júpiter, e até mesmo o cinturão de asteroides.

A caxumba deixou como sequela uma curiosidade sem limites pelos corpos celestes. Antes de deitar, Nicolás fazia a pergunta de boa-noite.

– Por que a noite é escura?

Sua mãe não sabia o que responder.

– Por que o Sol queima?

Sua mãe não sabia o que dizer.

– Por que a chuva molha?

Muito menos.

– Por que as estrelas não caem? Por que a Lua não tosse? Por que os planetas não falam? E a pior de todas: Por que há algo em vez de nada?

Sua mãe não sabia o que fazer para fazê-lo calar e deixá-la em paz de uma vez por todas. Ninguém, nem mesmo o pai, que era uma pessoa muito culta, dava conta de satisfazer tamanha sede de saber.

Nicolás de Chastenay se inscreveu na Universidade de Liège para estudar astronomia. Poucos anos depois se formou com um trabalho sobre os uranólitos que surpreendeu a comunidade científica por sua originalidade, mas que não o ajudou a encontrar um emprego. Eram tempos difíceis, mesmo para uma ciência em plena ebulição como a astronomia. Ele se viu obrigado a ganhar a vida escrevendo artigos científicos na seção Ciência e Tecnologia de um jornal de província.

Melhor do que nada.

Um outro cientista teria rejeitado inteiramente esse trabalho, julgando que entre a ciência e sua vulgarização existe a mesma diferença que entre uma estrela que tem sua própria luz e um planeta que apenas reflete a luz de uma estrela. Mas Monsieur de Chastenay estava convencido de que os progressos da ciência não serviriam de nada se ficassem confinados ao estreitíssimo círculo dos especialistas.

Por isso mesmo ele se esforçava para explicar de uma maneira clara e simples as grandes descobertas científicas dos últimos séculos. E, de passagem, aproveitava para responder às perguntas que as crianças belgas faziam a seus pais e que os pais não sabiam responder. Por que as estrelas estão tão distantes? Por que o ar é transparente? Quanto tempo de vida o Sol ainda tem?

O universo, escrevia Monsieur de Chastenay, é uma escada em espiral pela qual se pode subir, não sem vertigem, até o infinito, se as forças não faltarem. Até agora o homem não fez mais do que subir o primeiro degrau: o Mont Blanc, a 4008 metros acima do nível do mar. Mas nada o impede de continuar subindo até tocar a abóbada celeste.

Basta dar um salto para chegar ao segundo degrau, a Lua, com suas crateras e suas pedras, a uma distância que equivale a trinta diâmetros terrestres. Em matéria astronômica, essa distância é totalmente insignificante. Centenas de marinheiros, viajantes e guerreiros percorreram distâncias semelhantes de barco, trem ou avião.

O terceiro degrau é o planeta Marte, dez vezes mais leve do que a Terra. Um ser humano de setenta e cinco quilos pesaria apenas vinte e oito. Se esse indivíduo decidisse suicidar-se saltando de uma Torre Eiffel marciana de trezentos metros de altura, ao estatelar-se no chão apenas torceria o tornozelo.

O quarto degrau corresponde aos planetas distantes, como Júpiter, que pesa trezentas e dez vezes mais do que a Terra, mas mil e quarenta e sete vezes menos do que o Sol, e cujo diâmetro é onze vezes maior do que o diâmetro terrestre, mas 9,7 vezes inferior ao diâmetro solar. Nosso homem de setenta e cinco quilos pesaria cento e setenta e dois. Se ele tentasse levantar o braço para nos acenar de uma praia de Júpiter, os tendões e os ossos não resistiriam ao peso da mão. O braço quebraria como o talo de uma rosa sobre a qual um hipopótamo tivesse se sentado por descuido.

Basta dar outro salto, para perder a conta do número de degraus e perder-se no espaço sideral, deixando para trás a república solar, com seus nove planetas e suas quarenta e nove luas, até ser capturado pelo campo gravitacional de estrelas que existem a distâncias que a aritmética terrícola por enquanto não pode conceber.

Por aquela época o rei Leopoldo voltou de uma de suas viagens ao Congo, bastante doente. Em vez de se reunir pela manhã com seus ministros, visitar à tarde o Museu de Belas-Artes para admirar as últimas aquisições, assistir à noite ao teatro, como era seu costume, ele passava o tempo todo na latrina, com cólicas. Já tinha perdido vários quilos. O que havia perdido em carne, ganhara em barriga. O médico da Corte suspeitava tratar-se de uma nova doença congolesa à qual chamou, em homenagem ao doente insigne, de *mal do rei Leopoldo*.

Para dizer a verdade, sua majestade sofria de um transtorno digestivo um tanto alarmante, dado que, em vez de ácido clorídrico e diástases, as glândulas estomacais segregavam uma enzima altamente corrosiva. O estômago havia se transformado em um grande triturador, que estava digerindo o corpo do rei. Já havia tornado papinha dezessete centímetros de esôfago e vinte e três de intestino delgado e se preparava para engolir o cólon. Um verdadeiro desastre. Se não encontrassem rapidamente um remédio, o rei Leopoldo correria um sério risco de morte por autodigestão.

O médico pensou que se tratava de um micróbio que alterara a fisiologia das glândulas digestivas. A ciência acabara de descobrir os micróbios e os cientistas pensavam que tudo que ocorria neste planeta era obra de um micróbio. Eram os micróbios que transformavam o vinho em vinagre. E que faziam o leite coalhar. E que provocavam doenças nos homens e nos bichos-da-seda, arruinando corpos, indústrias. A ciência não passava de uma criança. E os micróbios eram seu novo brinquedo. Ninguém podia se queixar. Era preciso deixá-la brincar.

Apesar de suas dores epigástricas e esofágicas e do risco iminente de oclusão intestinal, o rei Leopoldo estava mais do que feliz. Por fim se apresentava a oportunidade pela qual tanto esperara.

Nos últimos tempos, as principais potências europeias tinham descoberto um micróbio. A Prússia se orgulhava do bacilo da tuberculose, descoberto por Koch. A França se ufanava do germe da raiva, que Pasteur descobrira. Mesmo uma nação tão atrasada como a Espanha se jactava de ter seu próprio protozoário, totalmente inofensivo, identificado por Santiago Ramón y Cajal. O reino da Bélgica, que recentemente havia estendido seu império para além do trópico, que havia seguido com fervor os primeiros passos da revolução industrial, que havia visto uma pululação sem precedentes de artistas e escritores, ainda não tinha seu micróbio.

E já era hora.

O rei queria que um cientista descobrisse um germe que deixasse as outras nações civilizadas com inveja. Estava disposto a oferecer seu próprio corpo à ciência, para a glória e o progresso do reino da Bélgica. O corpo do rei não era um objeto excepcional de estudo comparado com um cachorro raivoso ou o escarro de um tísico? Estavam dadas as condições perfeitas para o início das pesquisas. Só faltava um microscópio e um olho para observar o inobservável. Desta vez a oportunidade não deveria ser desperdiçada.

O rei chamou um de seus Ministros e lhe pediu que encontrasse um Cientista digno desse nome, que desse ao reino da Bélgica aquilo que ele tanto merecia: seu Micróbio. O Ministro chamou o Presidente da Academia de Ciências de Bruxelas para que ele encontrasse um Cientista que revelasse ao Rei aquilo que tanto o mortificava: a Causa de sua Doença. O Presidente da Academia de Ciências pôs-se a buscar nas universidades, laboratórios e gabinetes de curiosidades. Mas não encontrou ninguém.

Na escala do pequeno, os cientistas da Bélgica não haviam descido nem sequer meio degrau. Van Diek, o mais ousado de todos, que consagrara toda a sua vida às dermatoses caninas, havia parado nos dez milímetros do *Ixodes ricinus*, mais conhecido como carrapato. Ninguém havia se aventurado mais além. Ninguém tinha se atrevido a dar o salto para entrar no mundo invisível ao olho humano onde vivem os micróbios. Enquanto isso, o estado do rei se agravava. O reino da Bélgica deixaria passar a oportunidade mais uma vez?

Quando estava a ponto de abandonar a busca, o diretor da Academia de Ciências leu um dos artigos de Monsieur de Chastenay e o convocou imediatamente. Era esse o cientista que ele estava procurando. Se a natureza era uma escada, como ele assegurava, uma escada em espiral, para ser mais exato, não seria desatinado afirmar que o infinitamente grande e distante se encontra em determinado momento com o infinitamente pequeno e próximo. Quem é capaz de subir também é capaz de descer. Quem pode estudar as estrelas que brilham a quinze milhões de anos-luz também pode estudar os micróbios que vivem placidamente instalados em nosso tubo digestivo. Bastaria girar a lente e transformar o telescópio em microscópio; a subida em descida; deixando-se escorregar do maiúsculo para o minúsculo.

Modesto como era, Monsieur de Chastenay respondeu que para passar da astronomia à microbiologia não bastava uma mera inversão de lente. Um micróbio não era um asteroide à deriva. Assim como a Lua também não era uma bactéria. Entre a matéria inorgânica de um corpo celeste e a matéria orgânica de certos corpos terrestres, havia um enigma ainda não solucionado pela ciência: a origem da vida.

O diretor da Academia não lhe deu ouvidos e disse que o rei estava disposto a pagar-lhe de seu próprio bolso uma breve estadia em algum centro de pesquisas avançadas, para que ele ficasse atualizado em matéria de microbiologia. Como era impossível financiar uma estadia em Berlim, onde a vida ficara cara demais, não havia outro remédio senão enviá-lo a Paris, onde a vida estava de graça.

Para os belgas, ao menos.

Num domingo pela manhã, Monsieur de Chastenay tomou um trem em Liège e desceu algumas horas mais tarde em Paris. Graças a uma carta de recomendação assinada pelo próprio rei Leopoldo, Monsieur de Chastenay foi aceito como assistente no laboratório do professor Philippe de Saint-Gervais, um dos homens mais célebres daquela época em virtude da querela da gripe das galinhas.

Em uma das últimas sessões da Academia de Ciências de Paris, o professor Saint-Gervais anunciou que o germe da gripe não atacava os galináceos. O professor Saint-Jurieu, um cientista de segunda que havia feito carreira refutando teorias de cientistas de primeira, afirmou, sem deixar de arrumar o bigode, que infelizmente seu colega, o professor Saint-Gervais, estava enganado. Ali mesmo Saint-Gervais deu a Saint-Jurieu um vidro com micróbios de gripe e lhe pediu que tivesse a amabilidade de lhe enviar, em troca, uma galinha gripada. Saint-Jurieu aceitou o desafio. E pôs-se a inocular.

O problema era de crucial importância. Se a ciência conseguisse explicar a razão da imunidade dos galináceos, seria possível compreender os complexos mecanismos do sistema imunológico humano, o que por sua vez permitiria descobrir uma vacina para a gripe, que havia feito milhões de vítimas no último inverno.

Depois de algum tempo, o professor Saint-Gervais encontrou o professor Saint-Jurieu andando pela rua e, antes de tirar o chapéu, lhe perguntou:

– E a galinha gripada?

O professor Saint-Jurieu lhe explicou que não tivera tempo de se ocupar do assunto, resmungando um pretexto qualquer. E prometeu trazer-lhe o mais rápido possível a galinha doente de gripe.

Depois de algumas semanas o professor Saint-Gervais encontrou o professor Saint-Jurieu na festa de uma princesa, protetora das artes e das ciências. Limpando seu monóculo, ele disse, não sem esboçar um sorriso:

– E a galinha gripada?

O professor Saint-Jurieu voltou a inventar uma desculpa qualquer. E prometeu trazer-lhe a galinha gripada em poucos dias.

Alguns dias mais tarde, o professor Saint-Gervais encontrou o professor Saint-Jurieu em uma das sessões da Academia de Ciências. Sem sequer cumprimentá-lo, lhe perguntou diante de todos:

– E a galinha gripada?

Dessa vez não houve escapatória. O professor Saint-Jurieu teve de confessar que estivera aquele tempo todo inoculando quatro galinhas, chamadas, respectivamente, da menor para a maior, Mary, Peggy, Betty e Julie, com uma boa dose de micróbios, em diferentes momentos e de diferentes maneiras, mas nenhuma delas havia ficado doente. Ao contrário, as quatro gozavam de perfeita saúde, como se os micróbios fossem vitaminas. Ele teria continuado com suas experiências, se não fosse por um descuido do pessoal da limpeza, que deixou mal fechada a porta de um dos canis. No meio da noite os cachorros se soltaram e se lançaram sobre a jaula das galinhas. Depois de derrubar a porta, comeram-nas com uma dentada, sem deixar uma pena. No dia seguinte, os cachorros estavam mortos. O professor Saint-Jurieu se viu obrigado a declarar publicamente que seu colega tinha razão: o micróbio da gripe não atacava os galináceos.

Fez-se um silêncio sepulcral na sala, que o professor Saint-Gervais rompeu, pedindo que trouxessem uma gaiola envolta em um pano branco. Da gaiola ele tirou um objeto, que expôs diante de todo mundo. Era Samantha, uma galinha com os olhos vermelhos, injetados de sangue, que, em vez de cacarejar, espirrava. Senhoras e senhores: uma galinha gripada.

Ouviu-se na sala um murmúrio, que o professor Saint-Gervais silenciou, majestoso como sempre, com um simples gesto da mão, para explicar, sem deixar de afiar o bigode, que enquanto o professor Saint-Jurieu inoculava suas quatro galinhas, ele, Philippe Marcel André Auguste de Saint-Gervais, como bom cientista que era, repetira suas experiências, a fim de pôr à prova suas próprias hipóteses.

Intrigado pela resistência das galinhas ao germe da gripe, ele se perguntou se a causa não seria um simples problema de temperatura. Como todos sabem, a temperatura média de uma galinha é de quarenta e cinco graus Celsius, enquanto a do cachorro é de trinta e nove, a do homem é de trinta e sete e a do rato-almiscarado é de vinte e cinco. O professor Saint-Gervais inoculou duas galinhas, Samantha e Charlotte. Samantha foi imediatamente submersa em um banho de água fria, fazendo sua temperatura descer até trinta e nove graus. Charlotte, não. Charlotte resistiu à inoculação, Samantha ficou gripada. Para pulular e maturar, o micróbio necessita de uma temperatura inferior a quarenta graus. Tinham aí a prova, diante de seus próprios olhos: Samantha, a galinha gripada, por culpa de um banho de água fria. A prova irrefutável, por outro lado, da total inaptidão de Saint-Jurieu para a investigação científica.

Graças a Samantha, o professor Saint-Gervais obteve uma cátedra de microbiologia no Collège de

France, que não demorou a se transformar em um dos lugares mais frequentados de Paris. As cem cadeiras do anfiteatro onde ele ensinava eram ocupadas por um público do mais seleto, que não apenas contava com os cientistas mais brilhantes da época, mas também com um punhado de princesas, duquesas e marquesas que haviam sobrevivido às sucessivas ondas de revoluções que haviam sacudido toda a Europa e aproveitavam aqueles instantes sem guilhotina para sair à luz e se instruir.

Philippe de Saint-Gervais chegava, alto, delgado, com seus dedos longos e peludos. Depois de subir em um tablado começava a falar, com uma eloquência que fazia os outros compreenderem aquilo que nem ele mesmo compreendia. O público bebia suas palavras, em meio a um silêncio em que não se ouvia nem uma tosse.

Nem sequer uma mosca.

Monsieur de Chastenay estava profundamente impressionado.

– Um micróbio – dizia Philippe de Saint-Gervais, e ao ouvir essa palavra o público ficava arrepiado –, um micróbio é algo infinitamente minúsculo que pode ter um efeito maiúsculo. Quinze mícrons bastaram para exterminar, no século XIV, em poucas semanas, mais de vinte milhões de seres humanos: os quinze mícrons da *Yersinia pestis*. Dotada de uma membrana plasmática rica em lipopolissacarídeos e de uma pistola de raio laser, esse micróbio malfeitor desembarcou em

Veneza, em um barco mercante que vinha do Oriente, difundindo a peste.

Fez-se na sala um silêncio de morte.

– Mas nem todos os micróbios são malfeitores. E mais: os malvados são a minoria. A maior parte dos micróbios é boa. O que a humanidade faria sem o generoso *Saccharomyces apiculatus*, uma das principais leveduras, que intervém na produção do vinho? Sem o madrugador *Saccharomyces cerevisiae*, primeiro produtor de pão? E o que seria de nós sem o modesto *Rhizobium*, que vive escondido nas profundezas da terra, como um anacoreta, dormindo nas raízes das plantas, transformando o azougue do ar em fertilizante?

Suas conferências tiveram tanto sucesso e havia tanta gente que queria frequentá-las e que sempre ficava de fora, que Philippe de Saint-Gervais decidiu publicá-las. Outro cientista em seu lugar teria se negado categoricamente a dar a conhecer por escrito o que havia sido dado a conhecer de maneira oral. Mas Philippe de Saint-Gervais, que não apenas era um cientista extraordinário como também poderia ter sido um extraordinário político, sabia perfeitamente que para ganhar os aplausos da ciência teria que ganhar os aplausos do povo. Governar é controlar o universo. E para governar e controlar era necessário pôr os novos brinquedos da ciência ao alcance de todo mundo, e não guardá-los para si. Philippe de Saint-Gervais escreveu então seu *Viagem ao mundo do imperceptível*, que lhe rendeu grande popularidade. Ele não podia andar pela rua sem que alguém o detivesse para fazer alguma pergunta: os micróbios pertencem ao Reino Animal ou ao Reino Vegetal? De que maneira eles podem ser vistos? Que cores têm? Que formas? Onde vivem? O que comem?

Uma noite, ao terminar sua conferência, Madame Claire, a dona de um bordel-modelo, veio vê-lo. Diferentemente das outras cafetinas, mais interessadas no dinheiro dos clientes do que na saúde da população, Madame Claire pusera as últimas descobertas da ciência a serviço do prazer. Graças a um verdadeiro trabalho de profilaxia, ela conseguira erradicar de seu estabelecimento as doenças sexualmente transmissíveis. Era verdade que suas tarifas eram das mais elevadas. Mas também era verdade que seu bordel era o mais pasteurizado de toda a cidade. Quando uma de suas trabalhadoras terminava o turno, vinha imediatamente o pessoal da limpeza com luvas de látex para esfregar, friccionar, borrifar, ferver, se necessário incinerar, e, é claro, jogar um jato de hipoclorito de sódio. Graças a esses cuidados, os clientes podiam retornar a seus lares com toda a tranquilidade, sem agentes inoportunos, como a *Neisseria gonorrhoeae*, com seu gancho, sua perna de pau e seu tapa-olho preto, que produzem a blenorragia; ou o *Treponema palidum*, sempre impecavelmente vestido de branco, responsável pela sífilis; ou o *Herpes virus simplex*, envolto em uma bata icosaédrica, com o cabelo molhado, como se tivesse acabado de sair do banho, agente do herpes genital.

Nem sequer piolhos.

Ou condilomas.

Muito menos chatos.

Seu problema era que há meses um micróbio se infiltrara, resistente aos desinfetantes, e jogava por terra o esforço sanitário. A primeira vítima tinha sido um político. Depois de uma semana de febre intensa de quarenta graus, todos os seus cabelos caíram. No lugar dos cabelos, nasceram penas, e para piorar penas brancas, que envelhecem tanto. De nada servia se barbear ou se depilar. Em poucos dias as penas voltavam a crescer, duras e grossas, mais brancas do que antes. A doença não era mortal, mas aborrecidamente antiestética. O doente era obrigado a exibir diante dos olhos de todo mundo o estigma de uma barba igual a um espanador.

Madame Claire suspeitava tratar-se de uma vingança de sua arqui-inimiga, Madame Solange, proprietária de um dos bordéis mais frequentados de toda Paris, mas onde as condições de higiene deixavam muito a desejar. Em uma gota de água coletada ao acaso em um milímetro dos duzentos metros quadrados, com piscina de mármore, banho turco e sauna finlandesa, pululavam, segundo o último informe do Ministério da Saúde Pública, mais de três mil espécies de micróbios, entre os quais os clássicos universais de todos os tempos, responsáveis pela blenorragia, pela sífilis e pelo herpes genital, mas também o *Haemophilus ducreyi*, bacilo anaeróbico, normalmente alaranjado, responsável pelo cancro mole; a *Chlamydia trachomatis*, menor, azul, com listras brancas, em geral melancólica, que produz uretrite e prostatite agudas; e um bom punhado de *Citomegalovirus*, gordinhos e sanguíneos, com claras tendências psicopatas. Graças aos contatos de Madame Solange e a uma soma considerável de dinheiro, o documento se perdeu e o estabelecimento escapou das sanções sanitárias cabíveis.

Os funcionários podiam ser corruptos, mas os clientes não eram idiotas.

Com a inauguração do bordel-modelo de Madame Claire, produziu-se um movimento de migração massivo. Cansada de tantas doenças venéreas, a clientela preferia pagar uns francos a mais a gastar dinheiro em tratamentos contra a sífilis, contra a blenorragia ou contra o chato. Madame Solange perdeu mais de dois terços de seus clientes. Por isso mesmo, Madame Claire suspeitava que Madame Solange havia inoculado em seu estabelecimento algum micróbio, importado da África ou da Indochina, a fim de provocar sua ruína.

E estava conseguindo.

A situação era cada vez mais alarmante. Na última semana haviam aparecido três novos casos do que todos em Paris haviam começado a chamar de febre espanhola dos bordéis; mas que na Bélgica se chamava de *morbo galicus*; e na Holanda, de mal belga; e na Prússia, de peste holandesa; e assim sucessivamente, até a China, onde a doença ainda não tinha nome. Se a coisa continuasse assim, o Ministério da Saúde Pública iria fechar o estabelecimento. Madame Claire precisava identificar o micróbio, senão sua reputação sanitária ficaria definitivamente arruinada. Ela pensava que o professor Saint-Gervais era o único homem de ciência capaz de salvá-la, propondo as medidas de prevenção mais eficazes. Vacinação? Fumigação? Desinfecção?

Philippe de Saint-Gervais aceitou esse novo desafio. Naquela mesma noite foi ao estabelecimento, alto, delgado, com seus dedos longos e peludos. Acompanhado por Madame Claire, ele examinou as instalações, inspecionando com particular atenção os lugares que aquelas porcarias de micróbios costumam escolher como esconderijo para suas emboscadas, por exemplo: o sistema de ventilação, as latrinas, a água usada das tinas, a roupa de cama, a penteadeira, o reverso dos espelhos. Tudo estava em um estado impecável. Nem mesmo em um hospital teria sido possível encontrar tanta higiene. Antes de terminar sua visita, ele coletou algumas amostras de água, ar e pó, a fim de observá-las em seu laboratório com um microscópio ultrapoderoso.

Em uma gota de água de um bidê ele viu milhões de animais, extraordinariamente minúsculos, brancos e negros, com cílios, avançando com movimentos retilíneos, como automóveis circulando pelas ruas de uma cidade, tocando suas buzinas. Eram paramécios. E nenhum deles era o responsável pela febre espanhola dos bordéis.

O professor Saint-Gervais voltou ao estabelecimento de Madame Claire, desta vez para examinar as trabalhadoras, inspecionando em particular os lugares que esses micróbios malfeitores costumam escolher como residência, extraindo amostras de pele, pelos, unhas, sangue, urina, excrementos, saliva, placa dentária, muco vaginal.

Em uma pitada de sarro ele viu tantos micróbios quanto estrelas no céu, em forma de bastão, transparentes, com nadadeiras, que se deslocavam em círculos concêntricos, a uma velocidade incrível, como golfinhos. Era a célebre *Spirochaeta buccalis*. Mas não era o micróbio que ele buscava.

O professor Philippe de Saint-Gervais voltou uma terceira vez ao bordel, desta vez para recolher algumas gotas de fluido seminal dos clientes. Em uma gota tão pequena como um grão de areia ele viu um grande número de vermes cabeçudos, impulsionados por uma hélice, avançando, retrocedendo, entrechocando-se, retorcendo-se.

Subitamente, em meio a esse espetáculo, descobriu uma pedra preciosa, de uns poucos mícrons, oval, cuidadosamente lavrada. Seriam moléculas de cornalina?

Ou de sardônica? Seria o micróbio que ele estava procurando? O micróbio da febre espanhola dos bordéis?

Para ver melhor, ajustou a lente, trepidando ante a possibilidade de descobrir um micróbio que levaria seu próprio nome. Com certeza ele tocou num botão em que não deveria tocar. A lente do microscópio se abriu de par em par. Philippe de Saint-Gervais tropeçou e começou a desabar pela escada do visível, passando do metro ao centímetro e do centímetro ao milímetro. De um mundo na escala do homem, com cadeiras, mesas, portas e janelas, passou a um mundo na escala de um inseto. Logo se perdeu no reino do invisível, engolido pelo abismo do infinitesimal. Numa velocidade vertiginosa, cada vez mais próxima da velocidade da luz, ele passou do mícron ao mícron do mícron e do mícron do mícron ao mícron do mícron do mícron. Do mundo dos micróbios passou ao mundo das moléculas, e do mundo das moléculas ao mundo atômico, e do mundo atômico ao mundo das partículas subatômicas. E logo deu de nariz contra uma porta: a porta do incognoscível.

Antes de se desintegrar, transformando-se em energia, ele se voltou para se despedir do mundo que o havia abrigado até então. Vistos da perspectiva de um quark, os micróbios eram estrelas muito maiores que nosso Sol, animados por um estranho magma interior que lhes permitia se mover, se alimentar, excretar, respirar, se reproduzir, antes de se apagar.

Sobre o autor

DIEGO VECCHIO nasceu em Buenos Aires, em 1969. Mudou-se para a França em 1992, para estudar psicanálise e filosofia. É escritor, ensaísta e tradutor.

Além deste *Micróbios* (2006) – primeiro livro do autor no Brasil –, publicou os romances *Historia calamitatum* (Paradiso, 2000) e *Osos* (Beatriz Viterbo, 2010) e o ensaio *Egocidio*: *Macedonio Fernández y la liquidación del yo* (Beatriz Viterbo, 2003).

Atualmente, dá aulas de literatura hispano-americana e criação literária na Universidade Paris VIII, Vincennes à Saint-Denis.

Dados Internacionais de Catalogação na Publicação (CIP)

Vecchio, Diego [1969-]
Título original: *Microbios*
Tradução: Paloma Vidal
São Paulo: Cosac Naify, 2015
192 pp.

ISBN 978-85-405-0917-7

1. Ficção argentina I. Título

CDD 868.9932

Índice para catálogo sistemático:
I. Ficção argentina 868.9932

Imagem de capa *Dennis Kunkel Microscopy, Inc [vírus da varíola]*
Texto de orelha *Mathieu Lindon, Libération, 17/6/2010 (editado)*

Coordenação editorial **Livia Deorsola**
Preparação **Diogo de Hollanda**
Revisão **Tomoe Moroizumi, Fábio Bonillo**
Projeto gráfico **Arthur Vergani, Gabriela Castro**
Produção gráfica **Mariana Tavares Geraldo**

Nesta edição, respeitou-se o novo Acordo Ortográfico da Língua Portuguesa.

COSAC NAIFY
rua General Jardim, 770, 2º andar
01223-010 São Paulo SP
cosacnaify.com.br [11] 3218 1444
atendimento ao professor [11] 3218 1473
professor@cosacnaify.com.br

Fonte **Atlas Grotesk**
Papel **Pólen soft 80 g/m²**
Impressão **Geográfica**